徳間文庫

禁裏付雅帳四

策《さく》謀《ぼう》

上田秀人

徳間書店

目次

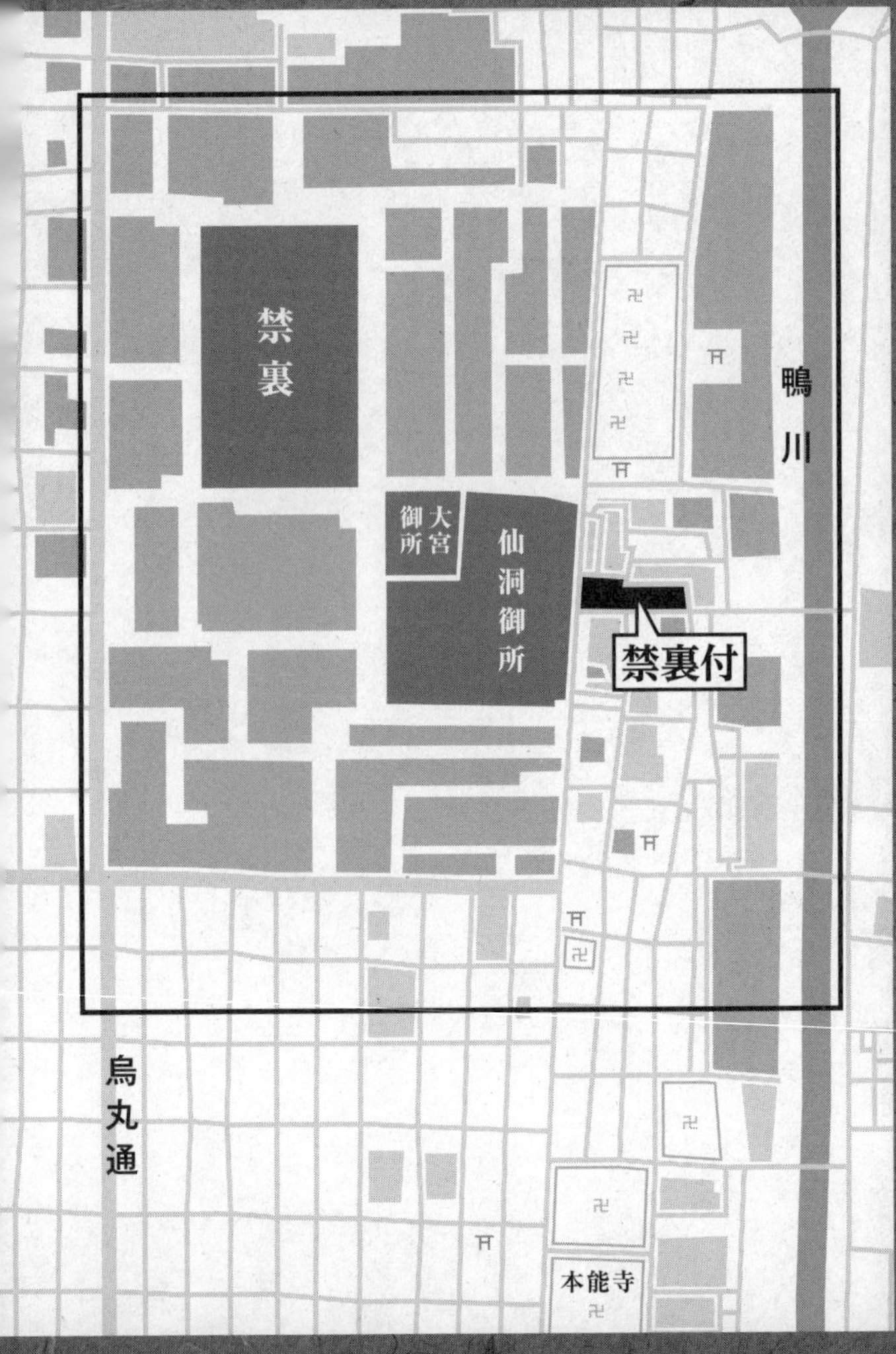

禁裏
大宮御所
仙洞御所
禁裏付
鴨川
烏丸通
本能寺

天明 洛中地図

天明　禁裏近郊図

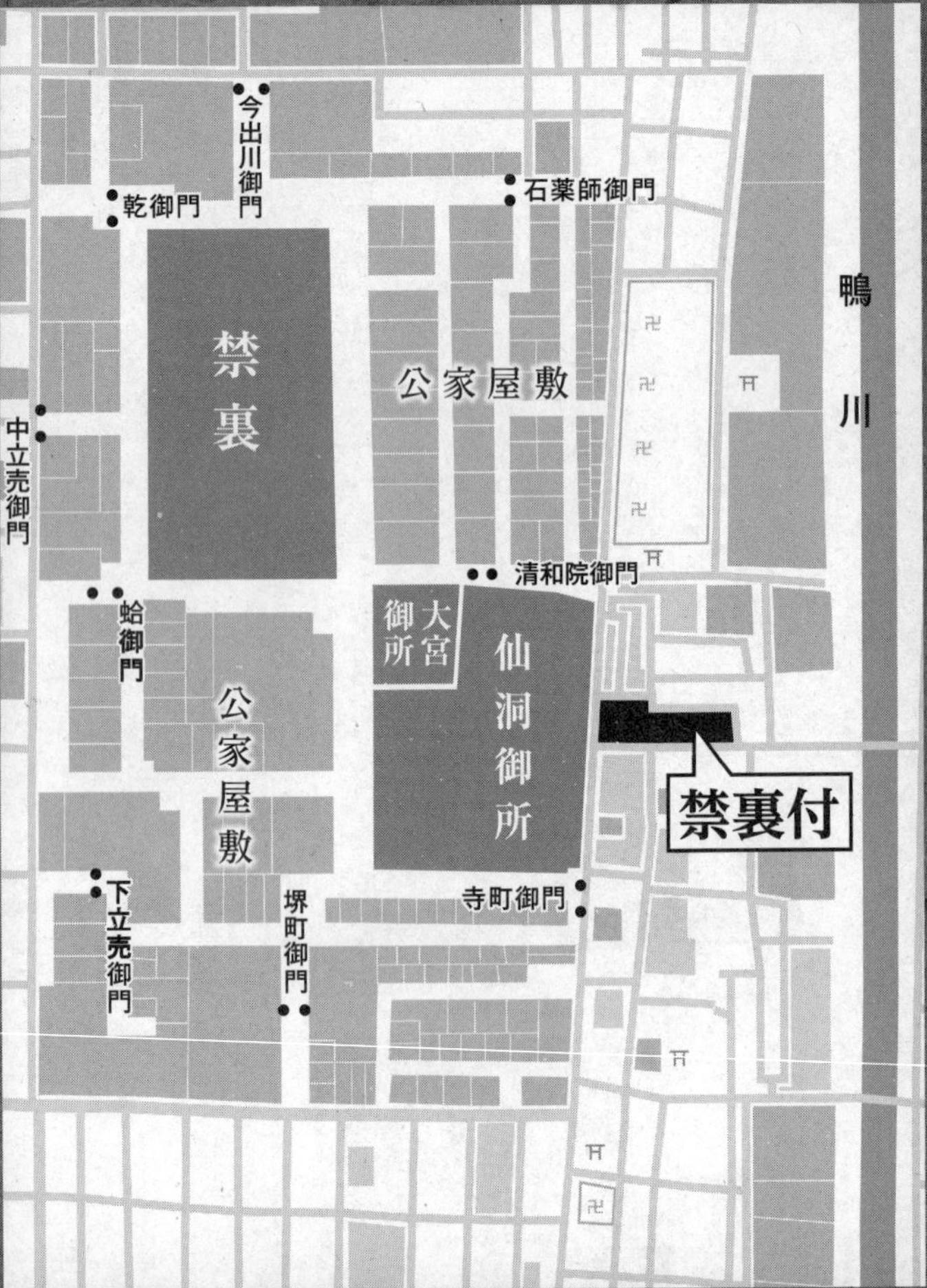

今出川御門
乾御門
石薬師御門
禁裏
公家屋敷
鴨川
中立売御門
清和院御門
蛤御門
大宮御所
仙洞御所
公家屋敷
禁裏付
下立売御門
堺町御門
寺町御門

禁裏（きんり）

天皇常住の所。皇居、皇宮、宮中、御所などともいう。十一代将軍家斉《いえなり》の時代では、百十九代光格《こうかく》天皇、百二十代仁孝《にんこう》天皇が居住した。周囲には公家屋敷が立ち並ぶ。「禁裏」とは、みだりにその裡に入ることを禁ずるの意から。

禁裏付（きんりづき）

禁裏御所の警衛や、公家衆の素行を調査、監察する江戸幕府の役職。老中の支配を受け、禁裏そばの役屋敷に居住。定員二名。禁裏に毎日参内して用部屋に詰め、職務に当たった。禁裏で異変があれば所司代に報告し、また公家衆の行状を監督する責任を持つ。朝廷内部で起こった事件の捜査も重要な務めであった。

京都所司代（きょうとしょしだい）

江戸幕府が京都に設けた出向機関の長官であり、京都および西国支配の中枢となる重職。定員一名。朝廷、公家、寺社に関する庶務、京都および西国諸国の司法、民政の担当を務めた。また辞任後は老中、西丸老中に昇格するのが通例であった。

主な登場人物

東城鷹矢《とうじょうたかや》　五百石の東城家当主。松平定信から直々に禁裏付を任じられる。
温子《あつこ》　下級公家である南條弾正大忠の次女。
徳川家斉《とくがわいえなり》　徳川幕府第十一代将軍。実父・治済の大御所称号勅許を求める。
一橋治済《ひとつばしはるさだ》　将軍家斉の父。御三卿のひとつである一橋徳川家の当主。
松平定信《まつだいらさだのぶ》　老中首座。越中守。幕閣で圧倒的権力を誇り、実質的に政《まつりごと》を司る。
安藤信成《あんどうのぶなり》　若年寄。対馬守。松平定信の股肱《ここう》の臣。鷹矢の直属上司でもある。
弓江《ゆみえ》　安藤信成の配下・布施孫左衛門の娘。
戸田忠寛《とだただとお》　京都所司代。因幡守。
佐々木伝蔵《ささきでんぞう》　戸田忠寛の用人。
池田長恵《いけだながよし》　京都東町奉行。筑後守。京都所司代を監視する。
光格天皇《こうかくてんのう》　今上帝。第百十九代。実父・閑院宮典仁親王への太政天皇号を求める。
土岐《とき》　駆仕丁。元閑院宮家仕丁。光格天皇の子供時代から仕える。
近衛経熙《このえつねひろ》　右大臣。五摂家のひとつである近衛家の当主。徳川家と親密な関係にある。
二条治孝《にじょうはるたか》　大納言。五摂家のひとつである二条家の当主。妻は水戸徳川家の嘉姫《よしひめ》。
広橋前基《ひろはしさきもと》　中納言。武家伝奏《ぶけてんそう》の家柄でもある広橋家の当主。

第一章　女の矜持《きょうじ》

一

布施弓江《ふせゆみえ》は、歯がみをしていた。

「典膳正《てんぜんのしょう》さま、お着替えを」

「頼む」

弓江の目の前で、南條温子《なんじょうあつこ》が東城《とうじょう》典膳正鷹矢《たかや》の身支度を手伝っていた。

まともな武家は身の廻《まわ》りの世話を女にさせない。武士はいつも戦場にある者であり、戦いの場に女を伴うわけにはいかないのだ。もっともこの習慣も戦国の覇者豊臣秀吉が、北条氏を滅ぼすために攻め寄せた小田原の陣で崩れてはいる。

「余は淀《よど》を呼ぶ。皆も好きな女《おなご》を手元に招くがよい」

惣構《そうがま》えを持つ難攻不落の小田原城を包囲した秀吉は、長期にわたる滞陣の無聊《ぶりょう》を慰めるためとして、側室を呼び寄せ、大名たちにも同様のまねを強いた。さらに兵たちのために、遊郭まで誘致して見せた。

これを前例として、武家もかなり女の手を意識するようになっていたが、それでもまだ少数でしかなかった。

「先日まで、決して私たちを居室へ入れなかったというに……」

弓江が鷹矢を睨《にら》みつけた。

禁裏付《きんりづき》として正式な着任の挨拶をすませてなかった鷹矢は、京都所司代へとその旨を届け出、朝廷への通達を求めた。その帰り、鷹矢は刺客に襲われた。

刺客は京都所司代戸田因幡守《とだいなばのかみ》ともと老中の松平周防守《まつだいらすおうのかみ》が仕組んだものであった。戸田因幡守も松平周防守も田沼主殿頭意次《たぬまとのものかみおきつぐ》の引きで出世した大名であり、その失脚以降政敵松平越中守定信《まつだいらえっちゅうのかみさだのぶ》から冷や飯を喰《く》わされていた。

その松平定信の手の者として京都へ送りこまれた鷹矢を排除し、それを糸口として二人は反攻に出ようとした。

多人数をもっての襲撃は、鷹矢を危機に追いやった。それを助けたのが温子であった。温子は帰りの遅い鷹矢を心配して迎えに出てその危難を発見、大声を出して刺客たちを牽制するとともに禁裏付役屋敷まで駆け戻り、助けを呼んだのだ。押っ取り刀で駆けつけた禁裏付同心《どうしん》たちのお陰で、鷹矢は無事に逃げ出せた。

「お袴《はかま》を」

「うむ」

膝で立った温子が、鷹矢の袴に手をかけた。

「はしたないまねを。まるで遊女ではないか」

男の袴を脱がせる行為は、よほど親しい仲の女か、商売女でなければしない。

弓江が嫌そうに目を背けた。

「お気に召さんのやったら、お部屋へお戻りやす」

袴を畳みながら温子が、弓江に言った。

「典膳正はんの許嫁《いいなずけ》とのお触れやけど、料理はできん、裁縫はやったこともない、出入りの商人との交渉も嫌や。なにしに来はったんや、わざわざ江戸から京まで、十日以上かけて。まさか、閨《ねや》ごとだけしてればすむと思いはったんか。それこそ、遊び女《め》と一緒や」

辛辣《しんらつ》な言葉を温子が弓江に浴びせた。温子は南條弾正大忠《だんじょうだいちゅう》の次女で、五摂家《ごせっけ》の一つ二条《にじょう》家から禁裏付へ手伝いと称して送りこまれていた。

「な、若年寄安藤《わかどしよりあんどう》家の留守居を承る布施家の娘を遊女扱いするとは」

弓江が真っ赤になって怒った。

「あっさり股開くだけ遊女のほうが、まだましかも知れまへんなあ。後腐れおへんし」

さらに温子が煽《あお》った。

「こ、この」

あまりの悪口に弓江が言い返せないほど怒った。

「南條どの、いささか下品に過ぎよう」

常着になった鷹矢が、温子をたしなめた。

「はい」

素直に温子が引いた。

「今、お茶をお持ちしますえ」

すっと温子が台所へと下がっていった。

「布施どの、用がなければお引き取りいただきたい」

女と二人きりになるのはまずい。鷹矢は弓江を追い出しにかかった。

「なにかお手伝いを」

弓江が出ていくのを拒んだ。

「手伝っていただくほどのことはございませぬ」

「あの女にはさせられても、わたくしにはさせられぬと」

首を振った鷹矢に弓江が喰い下がった。

「……では、墨を擦っていただけますか。手紙を書きますゆえ」

面倒になった鷹矢がどうでもよいことを頼んだ。

「お任せを」

弓江が文箱《ふばこ》のなかから硯《すずり》と墨を取り出し、擦り始めた。

「…………」

部屋に拡がる墨の匂いを感じながら、鷹矢は内容をどう書くかを思案した。

「越中守さまへ報告せねばならぬ」

先日の襲撃が、なにを目的にしたかくらい鷹矢は理解している。さらに裏に京都所司代戸田因幡守がいることも鷹矢は感じていた。

「大御所称号下賜《かし》にも影響は出る」

もともと鷹矢は十一代将軍家斉《いえなり》が、実父一橋《ひとつばし》民部卿《みんぶきょう》治済《はるさだ》に大御所の称号を捧げたいという願いを実現するために、老中首座松平越中守定信の手配で京へ送りこまれた。

朝廷の勘定を司《つかさど》る口向《くちむき》の管理、公家の素行監察などを任とする禁裏付の力は大きい。京都所司代よりも、禁裏付のほうが朝廷への圧力をかけやすい。己と敵対した田沼主殿頭意次の腹心戸田因幡守が京都所司代を務めている今、禁裏付に配下である鷹矢を就《つ》けるのが、松平定信の打てる最良の手であった。

その鷹矢が襲われた。

この事実は、できるだけ早く、正確に松平定信のもとへ届けなければならない。

「かといって御用飛脚は使えぬ」

鷹矢は嘆息した。

御用飛脚は幕府の手配になるもので、京都所司代、大坂城代が江戸へ緊急の連絡を取るときに用いられ、江戸と京都を七日で結ぶ。

この御用飛脚を禁裏付も使用できるが、京都所司代を通じてとなり、書状の中身をあらためられてしまう。

「京都所司代の敵対行為を江戸へ報《しら》せるに、その京都所司代を使うなどあり得ぬ」

握りつぶされるのが目に見えていた。

「墨の用意が整いました」

弓江が文箱を鷹矢の前に置いた。

「かたじけなし」

許嫁と言って押しかけてきた弓江についていて江戸からの指示はいっさいない。鷹矢は他人行儀な態度を崩さなかった。

「客間でお休みを」

もう用はないと鷹矢は弓江に下がるように要求した。

「……では、なにかございましたら、いつでもお呼びくださいませ」

しつこく居座って嫌われるよりましと考えたのか、素直に弓江が居室を出て行った。

「手段は後にするとしても、急いで報告をせねば、戸田因幡守がどのような偽りを江戸へ送らぬともかぎらぬ」

禁裏付は朝廷に対し、大きな力を持つが、幕府においては千石高の旗本役でしかない。公式の場においては、京都所司代からずっと下がったところにいなければならない立場であった。

「もっとも、松平越中守さまが戸田因幡守の言いぶんをそのまま信じるとは思えぬがな」

その失点を互いに探り合う敵同士なのだ。敵の報告を鵜呑《うの》みにするわけはなかった。

「とはいえ、今後のこともある。江戸への報告手段を確保しておかねばなるまい」

手紙を書き終えた鷹矢は、もう一度思案した。

「お茶を……」

筆が止まるのを見ていたかのように、温子が茶を運んできた。

「ありがたい。喉が渇いていたのでござる」

喜んで鷹矢が受け取った。

「なんぞ、悩んではりますの」

少し離れたところに座った温子が首をかしげた。

「……じつは」

一瞬、その稚気《ちき》のない仕草と京言葉に、鷹矢は気を奪われた。

「江戸へどうやって手紙を的確に届けるかを考えておりました」

「飛脚屋はあきまへんの」

不思議そうな顔で温子が訊《き》いた。

「飛脚屋は、いささか不安でな」

「お客の手紙とか荷物をどうこうするような店は、すぐ潰《つぶ》れますえ」

だから今残っている飛脚屋は大丈夫だと温子が言った。

「いや、そういう下司《げす》な意味ではござらぬ。商家の飛脚はどうしても川留めや、関所で足を止められましょう」

　鷹矢が理由を述べた。

　御用飛脚は、幕府の使い番と同じ扱いを受ける。川留めも無視できるし、門の閉じられた箱根の関所も開かせられる。

　当たり前だ。もし、西国で謀叛《むほん》が起こったというような大事を足留めしてしまってはたいへんなことになる。一日の遅れでも、京の朝廷を押さえられてしまえば、幕府が朝敵になる。

　対して、民間の飛脚にそういう特権などなかった。

「大坂で米が暴騰や。江戸の米を買い占めて大もうけじゃ」

　豪商が手に入れた情報をいかに早く送ろうにも、幕府の定めた川留め、関所の開門時刻は変えられない。

「一日遅れたら、数万両の損じゃあ」

　どれだけ豪商がわめこうが、これは決まりであった。

「たしかに困りましたなあ」

　温子も悩んだ。

「朝廷から幕府への申し渡しも、所司代はん通じてですよって」

公家を使者として伝達させる勅意や院宣《いんぜん》は別として、朝廷が幕府へなにかを要求するときなどの文書は、基本として京都所司代を通す。

「……頼るしかなさそうだ」

鷹矢は立ちあがった。

「お出かけですか」

釣られて温子も腰をあげた。

「少し出て参る」

「どちらへ」

前回のこともある。温子が行き先を問うた。

「二条の旅籠《はたご》屋芋屋へ」

鷹矢も隠すことなく、答えた。

芋屋はかつて京へ赴任したばかりの鷹矢が組屋敷の用意ができるまでなにかと利用した旅籠ほど高級な宿ではなかった。木賃宿よりましといったていどの旅籠で、かなり宿賃も安い。それだけに人の出入りは激しかった。

「ごめん、こちらに江戸から来た霜月織部《しもつきおりべ》どのか、津川一旗《つがわいっき》どのはお泊まりではないかの」

身辺警固として抱えた大坂の剣客檜川刀甫《ひかわとうほ》を連れて芋屋の暖簾《のれん》を潜《くぐ》った鷹矢が問うた。

「へえ。江戸のお旗本はんですな。お出ででやす。二階の一番奥の部屋でっせ」

番頭があっさりと認めた。

「あげてもらうぞ。そなたはここで待て」

鷹矢は檜川を残し、階段をあがった。

安い宿の床はきしむ。足音を隠す気もない鷹矢の訪問は、襖《ふすま》を開ける前に知られていた。

「お入りあれ、東城どの」

声をかける前に、入室の許可が出た。

「……ごめん」

鷹矢は驚きながら、襖を開けた。

「お気づきだったか」

「廊下の突き当たりまで来るのは、この部屋に用がある者だけ。夕餉《ゆうげ》にも風呂にもまだ早い刻限に、来るのは宿賃の精算を求めに来る番頭くらいでござる。それ以外の足音となれば、京で我らのもとを訪れるお方は貴殿のみ」

霜月織部が語った。

「畏れ入る」

鷹矢は徒目付《かちめつけ》の凄さに感心した。

「しかし、よく同じ宿に居続けておられるな」

京の宿は幕府の決めとして、一夜限りになっていた。徳川家を天下人としている朝廷のある京に胡乱《うろん》な者を滞在させるわけにはいかないと、幕府は旅人に厳しい制限を課していた。

「表向きは一夜限りでござる。だから、毎日宿賃の精算をいたしております」

「そのていどで……」

「今日は拙者が宿帳を書き、同行一人といたし、明日は津川が名前を書き、同行一人にする。それを繰り返せば、連泊にはなりませぬ」

霜月織部がからくりを明かした。

「それはあまりにずさんでござろう」

鷹矢はあきれた。

「一夜限りの客ではうまみも少ない。こうでもせねば、やっていけぬのが商いというものでござる。きれい事だけでは、生きていけませぬぞ」

　津川一旗が説教をした。

「まあ、そこらは追々ということにいたしましょう。で、なにかござったのか」

　霜月織部が問うた。

「困ったことがござって、お手助けをいただきたく」

　正直に鷹矢が告げた。

「江戸へ書状を運ぶ手立てをお求めか」

「そのていどのことと言いたいところでござるがな」

　津川一旗と霜月織部が難しい顔をした。

「拙者か津川ならば、江戸まで六日で行って見せますが……」

「一人が欠けている間の警固が不安でござる」

　霜月織部と津川一旗が顔を見合わせた。

　警固というのは、一人でどうにかなるものではなかった。襲い来る者が一人ならば、こちらも一人で対処できる。

　しかし、敵が二人になった段階で話は変わった。

「前から来た敵を押さえている間に、後ろから襲われたら」

「吾《わ》が身くらいはと言いたいところでございまするが、とても」

険《けわ》しく眉間《みけん》にしわを寄せた霜月織部に、鷹矢も同意した。

諸国巡検使のときから、なんども命を狙われている。鷹矢も己の剣の腕がさほどのものではない、いや、刺客にはおよびもつかないと身に染みていた。

「一人では貴殿を守りきれませぬ」

駄目だと霜月織部が首を横に振った。

「……一人、こちらで警固の者を抱えました。大坂で微塵流《みじんりゅう》の道場をしておりました者でござる」

鷹矢は檜川刀甫のことを話した。

「微塵流……果断な一撃を旨とする実践剣術」

「道場を開いていた」

二人が少し思案した。

「なぜ道場を閉められたのかは訊かれましたか」

津川一旗が鷹矢を見た。

「厳しくやりすぎて、弟子が逃げ出してしまったとか」

檜川から聞いた事情を鷹矢は伝えた。

「ふむ」

「それならばよかろうな」

霜月織部と津川一旗がうなずきあった。

「腕はごらんになったのでござろうな」

「檜川がおらねば、拙者はとうに死んでおりましょう」

鷹矢は正直に告げた。

「わかりましてござる。三日だけ、お待ちいただきたい」

津川一旗が鷹矢の望みに応じると言った。

「かたじけない」

鷹矢は安堵《あんど》した。

「では、三日後にまた来る」

「いや、それはご遠慮いただきたい」

別れを告げかけた鷹矢を霜月織部が制した。

「我らは剣術修行という名目で京へ来ております。いつまでも旅籠にいては、その名目に反しましょう。それにここの宿もいつ訴え出るかわかりませぬゆえ」

霜月織部と津川一旗は徒目付をしていた。徒目付の一部は、隠密を兼ね、市井《しせい》に紛れこむこともある。世情の、人の機微に精通している。

「宿屋の主《あるじ》が、訴人すると」

　鷹矢が驚いた。

「一日限りという決まりを破っている主が、御上に客のことを告げると言われるか」

法度《はっと》を犯している者は、御上に近づきたくはない。鷹矢が意外なことだと驚いた。

「目こぼししてもらう代わりに、みょうな奴を売るのは珍しいことではございませぬぞ。京都町奉行所も、法度を守っていない宿屋があると知っておりながら、見逃すか摘発するか、どちらが役にたつかを秤《はかり》にかけておるのでございまする」

　霜月織部が説明した。

「…………」

　名門とまではいえなくとも、旗本として恥ずかしくない禄《ろく》をもらって生きてきた鷹矢には、想像さえつかない話であった。

「世のなかというのは、一筋縄では参りませぬ」

　呆然《ぼうぜん》としている鷹矢を津川一旗が諭した。

「三日後、こちらからお屋敷を訪れますゆえ、そのときに書状をお渡し願いまする」

　霜月織部が手はずを述べた。

「あ、ああ」

鷹矢は首肯《しゅこう》した。

二

松平周防守の家臣たちが、襲撃を全うできなかったことに、戸田因幡守は頭を抱えていた。

腹心の用人佐々木《ささき》を呼んだ戸田因幡守の顔色は悪かった。

「どうするぞ」

「越中に知られてはおるまいな」

老中を罷免するなど、幕府から田沼意次の影響を消し去りたい松平定信は、最後の一人ともいうべき戸田因幡守を葬りたがっている。

「さすがに京まで越中の手は届かぬと安堵していたというに」

十代将軍家治《いえはる》から絶対の信頼を受けていた田沼意次は、幕府の役人人事を思うがままにしていた。御三卿田安《たやす》家の若君から、白河松平へ養子に出された松平定信でさえ、老中になるため、田沼意次に賄賂《わいろ》を贈ったのだ。他の役人がしていないはずはない。

いかに家治が死に田沼意次の支えがなくなったとはいえ、その力を一掃できるほど簡単ではなかった。

さすがに幕政を牛耳《ぎゅうじ》る老中たちからは田沼色を払拭《ふっしょく》したが、それ以外はほとんど手つかずといっていい。すべてを処断などと無茶をすると役人の大多数がいなくなり、いきなり政《まつりごと》はまわらなくなってしまう。

そうなったときの責《せめ》は、老中首座たる松平定信が負わなければならなくなる。それでは、田沼意次を追いおとした意味がなくなり、今度は松平定信が失脚する。

「なんとか越中の手が京に伸びる前に、五摂家を始めとする公家衆を味方にし、朝廷の威光をもって、吾が身の安泰を狙っていたのだ。あと一年、できれば二年は所司代を続けねばならぬ」

「承知いたしておりまする」

用人は藩邸の所用すべてと京都所司代に励む主君の補佐をこなさなければならない。佐々木はその両方をそつなくしてのける能力を持っていた。戸田因幡守がなにを考えているかをよく理解していた。

「今度の一件に殿がかかわっていたと老中首座さまに見抜かれる心配はございませぬ」

佐々木が強い口調で言った。

「なぜと申しますならば、周防守さまのご家中は皆、死にましてございまする」

「死人に口なしか」

「はい。それに死んだのは、藩籍を削られた浪人者でございまする。浪人が役人を襲い、殺されたところで、周防守さまに責はありませぬ。もちろん、殿に回ってくるようなこともございませぬ」

安心させるように、佐々木が断言した。

「ならばよいが……生き残りはおらぬのだな」

「大峰《おおみね》という禁裏付に雇われた行列差配には、金を握らせておりまする。その者から確認いたしました」

佐々木が保証した。

「それならば安心か」

戸田因幡守が安堵のため息を吐《つ》いた。

「念には念をいれておけ」

もう一度確かめろと指示して、戸田因幡守が佐々木を下がらせた。

主君に命じられた佐々木は、松平周防守の家臣たちを匿《かくま》っていた屋敷の持ち主、伏《ふし》見《み》屋を訪ねようとしていた。

伏見屋は一条戻り橋近くで漬け物を商う老舗《しにせ》で、京都所司代出入りでもあった。

「……なんだ。休みか」

伏見屋の暖簾が出ていないことに佐々木が首をかしげた。

「正月と藪入《やぶい》りしか休まぬはずだが……」

藪入りは奉公人の休みで、一月十六日のことが多い。休みと小遣いを主からもらった奉公人が、国へ帰ったり、遊びに出たりで賑わった。

「………」

怪訝《けげん》な顔で伏見屋へ近づいた佐々木が、店の大戸に貼られた紙に気づいた。

「東町奉行所の名前で、店じまいが出ている」

紙を読んだ佐々木が息を呑《の》んだ。

「なにか伏見屋がしでかした。いや、なにかが露見した……」

伏見屋は代々の京都所司代にただ同然の値段で漬け物を納入し、その見返りとして庇《ひ》護《ご》を受けていた。

「当家は所司代さまのお出入りをさせていただいております」

この一言で、町方は引いていく。京都所司代は京都町奉行を直接支配はしていないが、その監督を預けられているに近い。いずれ老中へ出世していくだろう京都所司代の機嫌を損ねて得をすることはない。歴代の京都町奉行は、伏見屋が他の漬け物屋に嫌がらせをしようとも見て見ぬ振りをしてきた。

「やりすぎたか、伏見屋」

いかに京都所司代出入りとはいえ、商人には違いない。他の店などから訴えが出れば、京都町奉行所は動かざるを得ない。多少の融通は効いても、限度がある。

京都所司代と並ぶような五摂家出入りや、諸大名御用達あたりに喧嘩《けんか》を売れば、京都町奉行所の遠慮も消える。

「伏見屋には、いろいろと融通をさせた。東町奉行所へなんの罪かくらいは問い合わせてやろう」

京都所司代の用人が気にしているというだけでも、伏見屋の待遇はよくなる。佐々木は、京都所司代に近い東町奉行所へと足を向けた。

「京都所司代戸田因幡守用人の佐々木でござる。吟味方与力《ぎんみかたよりき》どのにお目にかかりたい」

東町奉行所に着いた佐々木が面会を求めた。

「所司代の用人が参ったようでございまする」

玄関番からの報せを受けた京都東町奉行所与力芦屋多聞《あしやたもん》が、奉行の池田筑後守長恵《いけだちくごのかみながよし》のもとへ顔を出した。

「ほう、思ったよりも早かったの。こちらから問い合わせる前に来るとは、よほど伏見屋との仲がよいと見える」

池田筑後守が口の端をゆがめた。

「いかがいたしましょう」

「ぬらりくらりとあしらって留めおけ。その間に、余が所司代どのと会ってくる。佐々木という家臣が居るかどうかを確かめにな」

指図した池田筑後守が立ちあがった。


佐々木は通された東町奉行所の一室で一人待たされた。

「所司代用人の相手は難しいか」

公家や商家では、京都所司代用人を待たせるようなまねをしない。すぐに誰かが応対する。当主の準備ができるまででも、人を出し、話し相手をする。

「当奉行所与力の芦屋多聞でござる」

しばらくして与力が出てきた。

本来ならば、御家人である東町奉行所与力が、戸田家臣の佐々木よりも格上になる。が、相手は京の権力者所司代の懐刀《ふところがたな》である。実際の力となれば、所司代用人が圧倒する。五摂家の当主と差し向かいで話ができるのだ。

与力の対応がていねいになるのは当然であった。

「お待たせをいたしました」

名乗った芦屋多聞が、まず詫《わ》びた。

「いや、不意に参ったのはこちらでござる」

気にするなと佐々木が手を振った。

「……で、ご用件は」

佐々木の寛容さに一礼した芦屋多聞が問うた。

「一条戻り橋の伏見屋でございますが、一体なにをいたしましたのでございましょう。所司代出入りの者なれば、いささか気になりまして」

どのような事情で伏見屋が捕まったのかと佐々木が訊いた。

「伏見屋でございますか……しばし、お待ちを。担当の者に問い合わせますゆえ」

芦屋多聞が一度、座敷を出て行った。

「与力といえば、町奉行所を預かる切れ者であろうに。伏見屋が捕まったことさえも知らぬというのか。弛《たる》んでおるな」

わざわざ調べに行った芦屋多聞に佐々木があきれた。

「……遅いの」

なかなか戻ってこない芦屋多聞に佐々木が文句を口にした。

芦屋多聞が時間稼ぎをしている間に、池田筑後守は京都所司代屋敷へと到着した。

「お目通りを」

京都町奉行は京都所司代に対する目付の任も持つ。約束なしの来訪といえども拒否されることはなかった。

「どうした、筑後守」

戸田因幡守が嫌そうな顔を隠さず、池田筑後守の前に座った。

「ご多用中畏れ入りまする」

「多用は同じであろう。多用だと思うのならば、まずは用件を言え」

さっさと用を口にして、早く帰れと戸田因幡守が暗に急《せ》かした。

「では」

軽く頭を下げた池田筑後守が、背筋を伸ばした。

「佐々木と申す者は、因幡守さまのご家中でまちがいございませぬな」

訊くではなく、池田筑後守が確認した。

「……なにをした、その者は」

そうだとも違うとも言わず、戸田因幡守が問うた。

「ご家中でないならば、申しあげるわけには参りませぬ」

池田筑後守が拒んだ。

「佐々木という名前など珍しくはないだろう。当家には五百名をこえる家臣がおる。陪臣まで入れれば千ではきかぬのだぞ」

同姓同名もあり得ると戸田因幡守が反論した。

「伏見屋はご存じでございましょうか」

「……それも京に多い名前であるな」

またも戸田因幡守が返答から逃げた。

「所司代出入りの漬け物屋でござる」

「出入りの商人まで、余が知るわけなかろう」

戸田因幡守が否定した。

「因幡守さまがご存じでなくとも、伏見屋は出入りでござる。それくらいの確認はいたしておりまする」

「うっ」

断言された事実に、戸田因幡守が詰まった。

「その伏見屋がどうしたと申すのだ」

戸田因幡守が先を言えと命じた。

「不逞《ふてい》の浪人を匿っておりました」

「むっ」

池田筑後守の言った内容に戸田因幡守が難しい顔をした。

「先日、禁裏付どのが不逞の浪人に襲われた一件はご存じでございましょう」

「報告は受けた。いかに禁裏付とはいえ、不逞の浪人に狙われるなど、いささか問題であると思っていた」

戸田因幡守が話をずらそうとした。

「襲われた禁裏付が悪いと」

「であろう。禁裏付は幕府から出された朝廷の目付であろう。それが不逞の浪人どもとつきあうなど論外である」

確かめるように訊いた池田筑後守に、戸田因幡守が応じた。

「東城典膳正どのが、不逞の浪人とつきあっていた。そうだと言われるのでござるな」

「確認したわけではないが、そうでなければこのようなことにはなるまい」

関係なければ襲われることはないだろうと戸田因幡守が述べた。

「なるほど……そうでござるな。その旨越中守さまにご報告いたしましょう。因幡守さまが仰せだと付けて」

「待て、これはあくまでも一般論じゃ。典膳正がそうであったと特定したわけではないぞ」

松平定信の名前が出た途端、戸田因幡守が引いた。典膳正が松平定信の走狗《そうく》であるとわかっている。その走狗を貶《おとし》めるような話を戸田因幡守が公式に認めては、松平定信に手出しをさせるきっかけを作りかねなかった。

政敵に狙われているときは、亀のように殻に閉じこもって目を閉じ、耳を塞《ふさ》いで静かにしておくべきであった。

「では、典膳正どのの責任は」

「……なかろう。いや、まだ精査しておらぬゆえ、確定ではないが」

手出しできる余地を戸田因幡守が残そうとした。

「で、伏見屋が不逞浪人を匿っていたと申したが、まちがいないのだろうな。商人とはいえ、所司代出入りの者をそうそうに疑われては困るぞ」

先ほどの意趣返しとばかりに、戸田因幡守が逆ねじを喰らわそうとした。

「まちがいございませぬ。東町奉行所で確認いたしておりまする。伏見屋の寮に見慣れぬ侍が出入りしているとの訴えを受け、見張っておりました」

京は幕府の意向もあり、浪人の滞在にうるさい。訴人があれば放置するわけにはいかなかった。

「勝手に住み着いていたのであろう。近頃の浪人は町奉行所など気にしておらぬというではないか」

戸田因幡守が伏見屋をかばった。

「町奉行所が浪人どもに軽く見られていると」

すっと池田筑後守の声が低くなった。

「いや、そなたがそうだと申したわけではないぞ。そなたはまだ京へ来て一年ほどにしかならぬ。そなたではなく前任者どもの話じゃ」

あわてて戸田因幡守がごまかした。

「…………」

冷たい一瞥《いちべつ》を送った池田筑後守が、話を続けた。

「伏見屋の所有する寮をずっと見張っておりましたところ、不逞の浪人どもが禁裏付どのを襲うために動きましてござる。もちろん、そのようなことが起こるとはわかっておりませんでしたので、事前に止められませんでしたが」

「やむを得ぬな」

戸田因幡守も認めるしかなかった。

「幕府役人を害そうとした浪人がたとえ無断で住まいしていたとしても、伏見屋の責は免《まぬか》れませぬ。空き家の管理を怠《おこた》ったわけでござる」

「ああ」

これにも戸田因幡守は異を挟めなかった。

「そこで伏見屋を捕らえ、厳しく問いましたところ、所司代の用人佐々木という者から頼まれたと」

「……馬鹿なことを。たかが町人風情の戯言《ざれごと》であろう」

一瞬の間を空けたが、戸田因幡守が否定した。

「とは思っておりまするが、一応の調べをいたさぬわけには参りませぬ。それに……」

「なんだ」

わざと口ごもった池田筑後守に戸田因幡守が怪訝な顔をした。

「さきほど伏見屋の事情を聞きたいと、東町奉行所に佐々木と名乗る者が参りまして」

池田筑後守が、佐々木の用を口にした。

「出入りの者がなにかしでかしたのならば、用人が理由を問うのは当然であろう」

「こちらから問い合わせてもおりませんのに」

町奉行所からの問い合わせを受けてから、対応するのが通常だと池田筑後守が首をかしげて見せた。

「なにかで知ったとあれば、先になってもおかしくはあるまい」

戸田因幡守が言いわけした。

「たしかに。では、ご家中さまでよろしいな」

最初の質問へと池田筑後守が戻した。

「先ほども申したではないか。佐々木だけではわからぬと」

戸田因幡守が同じ答を繰り返した。

「そういえば、一つだけお伝え忘れていたことがござった」

「なんじゃ」

嫌そうな顔で戸田因幡守が促した。

「伏見屋の寮におりました不逞浪人でございますが……」

池田筑後守が、戸田因幡守の目をじっと見つめた。

「一人足りませぬ」

「なんだと……」

戸田因幡守が驚愕《きょうがく》の声をあげた。

「見張っていた者が、深夜というか早朝に一人の浪人が寮から抜け出して帰って来なかったのを確認いたしております」

池田筑後守が手札を切った。

「……さて、では佐々木と申す者をこちらに連れて参りまする。面体確認をお願いいたしましょう」

一度奉行所へ戻ると池田筑後守が告げた。

「それには及ばぬ。その佐々木とか申す者は、当家のかかわりではない」

戸田因幡守が手を前に出して、池田筑後守を制した。

「確認せねばわからぬとの仰せでございましたが」

前言を翻すのかと池田筑後守が問うた。

「今、思い出した。当家の佐々木という用人は、藩の用で先日国元へ帰した。よって、佐々木と名乗る家臣は京にはおらぬ。その者は当家の者ではない」

戸田因幡守が断言した。

「一応、ご確認を願いたく」

「多用じゃ。とてもそのような些事《さじ》に手間を取るわけにはいかぬ。そなたも知っておろう。今、御上から朝廷へ将軍家ご父君さまへ大御所称号を賜《たまわ》りたしとの願いが出ておることは」

「聞き及んでおりまする」

形式だけとはいえ、幕府は朝廷の下に位置している。幕府から朝廷への要望は、すべて願いという形を取った。

また幕府から朝廷へ頼みごとをするのは、京都所司代の役目であり、わざわざ京都町奉行に報されるものではなかった。池田筑後守の返答は伝聞に基づくものとなった。

「上様のお望みじゃ。なにをさしおいても果たさねばならぬ。その大事な時期に、そのような疑いだけで、余を煩わせるな」

「承知いたしましてございまする。では、あの佐々木は因幡守さまとは無縁の者として扱いまする」

「うむ。かかわりないのだ。その者が何を言おうとも、今後は余のもとに持ちこむなよ」

了解した池田筑後守に、戸田因幡守が念を押した。

延々と待たされた佐々木の堪忍袋の緒が切れた。

「伏見屋の罪状を教えてくれというだけなのに、なぜこれだけの手間がかかる」

ようやく戻ってきた芦屋多聞に佐々木が詰め寄った。

「申しわけございませんでした。たった今、奉行が戻って参りましたので」

「お奉行さまが……伏見屋にかかわりでもあるのでござるか」

いかに京都所司代の用人とはいえ、京都町奉行には勝てない。佐々木が怒りを引っこめた。

「伏見屋というより、そなたにじゃ」

「な、なにを」

急に態度を変えた芦屋多聞に佐々木が驚いた。

「恐れ多くも京都所司代を務める戸田因幡守さまの家臣を騙《かた》る不埒者《ふらちもの》。神妙にいたせ」

芦屋多聞が大声を出した。

「みょうなことを言う。拙者はまごうことなく戸田因幡守の用人でござるぞ」

佐々木が言い返した。

「偽りを申すな。戸田因幡守さまの確認は取った。佐々木という用人は、先日国元へ帰した。今は京に佐々木という名の家臣はおらぬと戸田因幡守さまがお奉行に宣言なさったわ」

「馬鹿な……まさか、殿に見捨てられた」

呆然としかけた佐々木が、気づいた。

「さすがは、用人をしていただけのことはある」

察しの良さに芦屋多聞が感心した。

「………」

「どうした」

しっかりと口をつぐんだ佐々木に、芦屋多聞が問うた。

「口を割らそうとしても無駄じゃ。見捨てられたとはいえ、吾《われ》は累代の恩を仇《あだ》で返すような恥知らずではない」

佐々木が胸を張った。

「なにを言っている。そなたの証言なんぞ不要じゃ」

そこへ池田筑後守が、現れた。

「お奉行」

「筑後守さま」

芦屋多聞が手を突き、佐々木が息を呑んだ。

「そなたの価値は、因幡守が縁なき者と宣した段階でなくなっている。今のそなたは一介の浪人じゃ。その口からどのような話が出ようとも、因幡守へは届かぬ」

「…………」

無価値だと言われた佐々木が唖然《あぜん》とした。

「無念だ」

池田筑後守が嘆息した。

「もっとも、大御所称号の問題があるゆえ、わざとここで落としたのだがな。でなければ、因幡守を告発している」

残念そうに池田筑後守が首を横に振った。

京はその性質上、どうしてもよそ者に厳しい。新たに赴任した京都所司代が、五摂家やそれなりに力のある公家と親しく会話ができるようになるまで、かなりの手間と暇と金が要る。今もし戸田因幡守を更迭してしまえば、新しい京都所司代が朝廷を把握するまで、大御所称号の問題を確実に遅らせることになる。それは避けなければならなかった。

「落としどころだ。つまり、おまえはただの浪人ということだ。しかも禁裏付を襲った不審な浪人のたむろしていた伏見屋にかかわりのあるな」

「そんな……」

佐々木が肩を落とした。

「話す。すべて話すから、助けてくれ」

不意に佐々木が池田筑後守へ迫った。

「慮外者《りょがいもの》」

すばやく芦屋多聞が間に割って入った。

「幕府役人を襲わせたのだ。そなたがなにを話そうとも、罪は変わらぬ。因幡守の家臣のままでいられたならば、罪をそちらに回し、藩内の罪ですませられたがな」

冷たく池田筑後守が告げた。

「……死にたくない」

芦屋多聞に押さえられながら佐々木が泣き声を出した。

「他人を殺そうとしておきながら、己だけは助かりたい。これは通じぬぞ。人を呪わば穴二つというのは、こういうことだ」

芦屋多聞が佐々木にとどめを刺した。

「違う、拙者は松平周防守さまのお求めに応じて、連中の住む場所を提供しただけで、禁裏付を殺そうとするなど思いも及ばなかったのでござる」

すがるように佐々木が池田筑後守を見上げた。

「ならば、ことを知った段階で、訴人しておくべきであったな。すべてが明らかになってからの自白は、証文の出し遅れじゃ」

無駄だと池田筑後守が手を振った。

「ああ、ああ。なぜ禁裏付などに手出しをしたのだ」

佐々木が号泣した。

「連れて行け。扱いは浪人としてな」

「承知いたしましてございまする。立て」

畳に伏して泣き続けている佐々木を、芦屋多聞が引き立てていった。

「これで戸田因幡守の動きに掣肘《せいちゅう》を加えられたか。手足である用人を失ったうえ、儂《わし》から大きな釘を刺されたのだからの」

一人になった池田筑後守がつぶやいた。

「もっとも、儂に課せられた命は戸田因幡守の失脚じゃ。思うようにことを運べなくなった因幡守が、いつ暴発するか……次は逃さぬ」

池田筑後守が小さく笑った。

三

禁裏付の職務は、毎日御所へ参内して控え室に詰め、朝廷の安寧を守りつつ、金の出入りを監督する。

幕府で言うところの、書院番、目付、勘定吟味役を合わせたような役目である。それを一人で同時にこなすのは至難の業であった。

そのうえ、要求一つを告げるにしても独特の言い回しをし、相手に推察を求める公家を相手にしなければならないのだ。

とてもまともにやっていては、精神が持つものではない。

当然、禁裏付になった旗本たちは、赴任してすぐに任を全うする努力を放棄し、公家たち、商人たちの言うとおりにするようになる。

もちろん、その見返りはしっかりとあった。

出入りの商人からは金を、公家からは官位を与えられる。

「おめでとう存じまする」

毎日のように、朝廷出入りの商人が鷹矢の役屋敷を訪れていた。

「どちらはんどすか」

その相手は温子がしていた。

「京のお方で」

応対された商人の誰もが、温子の言葉遣いに驚いた。

「縁あって、お世話になっておりますねん」

温子が笑みで返した。

「……どこのお店のお方で」

商人が警戒の表情をした。

すでに女を入れるほど食いこんでいる商人がいると考えたのだ。

「無礼なこと言いなや。わたしは南條蔵人《くろうど》の娘やで」

「……えっ」

朝廷に納めるものいっさいを司る蔵人に、温子の父は先日の朝議で二条大納言《にじょうだいなごん》治孝《はるたか》の推挙をもって出世した。その蔵人の娘に睨《にら》まれては、御所出入りの商人はやっていけない。

「もう一回、名前を言い。父《とう》はんに伝えといてあげるさかい」

温子が商人を脅した。

「申しわけおまへん。どうぞ、ご勘弁を」

商人が平謝りした。

「帰ったら、同業の者《もん》に言うとき。今度の禁裏付は違うと。金はまだしも女で籠絡《ろうらく》できるもんやないと」

「へ、へい」

逃げるようにして商人が去っていった。

「まったく、儲けのあるところにはすぐ集まってくるくせに……」

温子がため息を吐いた。

もともと温子の実家南條家は、代々弾正の官職を受け継いできた。

弾正は、頭になる弾正尹《だんじょうのかみ》で従三位に相当し、左大臣以下の役人を監察、さらに京洛の治安を担当した。しかし、刑部省から独立していたことが仇《あだ》となり実権はなく、検非違使《けびいし》の設置とともに名前だけのものとなった。

江戸でも京でも同じで、力のない者に人は集まらない。南條家に商人は近づいても来なかった。

「お金がなく、ものを買わないから当然なんやけど」

公家の姫が自ら買いものに出向き、値切って購入する。生まれたときからそうであったため恥だとも思わないが、それでも情けない話である。

対して、禁裏付には呼びもしないのに商人が金を持って挨拶にやってくる。代々の出入りになれるわけでもなく、いずれ江戸へ帰る旗本のもとに辞を低くして縁を求める商人が数えきれないという理不尽、温子は鷹矢のもとへ送りこまれてから、日々それを感じていた。

「名前や矜持《きょうじ》だけでは喰えないのは、ようわかっているけど……」

温子は台所へ戻ると腰を下ろした。

「公家が誇りを失ったら、終わりや」

小さく温子がつぶやいた。

「金がないのは、辛いなあ」

しみじみと温子が口にした。

「父はんと母はん、姉のためやとわかってる」

温子が泣きそうな顔をした。

「禁裏付に近づく代わりに、父は蔵人にしてもろうた。その恩は返さなあかん。この身体ですむなら安いものや。ただ……」

温子が憂いを含んだ表情になった。

「武家の男なんぞ、ろくでもない者やと思うてたけど、典膳正はんは違う。嫌らしい目でこっちを見いひん」

困惑の口調で温子が続けた。禁裏付を公家の走狗に落とすための温子は道具である。その容姿は名のある公家から側室にと望まれるほど優れていた。

「憎めたら楽なんやけどなあ」

温子が泣くような声を出した。

「……行かな」

一日に一度、温子は己を派遣した二条家の家司《けいし》松波《まつなみ》雅楽頭《うたのかみ》のもとへ報告しなければならなかった。

「買いものに行《い》てきます」

温子は留守を預かる東城家の家臣に残して、百万遍《ひゃくまんべん》の役屋敷を後にした。

二条家の家司ともなると、その辺の公家よりも力を持つ。松波雅楽頭のもとには、公家だけでなく、所司代や町奉行所の役人もすり寄って来ていた。

「ほうか。所司代の用人、佐々木が東町奉行所に捕まったんや。よう報せてくれた。ご苦労はん」

報せを持ってきた東町奉行所同心の一人を松波雅楽頭がねぎらった。

「ちゃんと御所はんに言うとくで。おまはんが二条家へようしてくれたとな」

「お願いをします」

喜んで同心が帰って行った。

「町奉行所の同心のほうが、実入りは多いやろに。北面の武士なんぞになりたがる。たしかに禁裏侍になれば、官位はもらえるけど、せいぜい初位か、八位や。その辺の雑司よりも低いうえ、出世もない。なにがええのかわけがわからんわ」

松波雅楽頭があきれた。

「まあ、こっちは推挙するだけやさかいな。金はかからん、損も得もないからええけど」

独りごちながら、松波雅楽頭が主二条大納言治孝のもとへ伺候した。

「御所はん」

書院前の廊下に膝を突いた松波雅楽頭が二条大納言へ声をかけた。

「雅楽頭か。入り」

二条大納言が入ることを許した。

「ご無礼を」

腰高の障子を開けて、松波雅楽頭が敷居際へ腰を下ろした。

「なんぞ、あったんか」

書見の手を止めて、二条大納言が訊いた。

「へえ。どうやら因幡守が越中の手先に嚙みつかれたようで」

松波雅楽頭が届けられた情報を話した。

「用人を切り捨てたか。所司代の権を使えば、かばえたやろうに」

二条大納言が感心した。

「所司代の力を使わすのが目的ではおまへんか。町奉行には所司代の所行を江戸へ報告するちゅうのがございますで、非違があれば越中守も動けます」

「東町奉行の筑後守はそれを狙ったんやろうけどな、そこまで因幡守も鈍してなかったっちゅうことやな」

腹心の確認に二条大納言が応じた。

「しばらく因幡守は動けんやろうな」

「自ら禁裏付に手を下すわけにはいきまへんし、用人の代わりとなる腹心はそうそうおりまへんやろし」

二条大納言の言葉に松波雅楽頭がうなずいた。

「尽くして切り捨てられる。家臣どももたまったもんやない。ちょっと次は見つからへんのと違うか」

「いいえ、かえって名乗りをあげる者が増えまっせ」

松波雅楽頭が二条大納言へ首を左右に振って見せた。

「使い捨てやと見せられたばかりやろう」

二条大納言が驚いた。

「御所はん、人というのは夢見るもんでっせ。儂やったら、あいつよりうまいことできる。あんな失敗はせえへん。どこにその根拠があるんやという自信を持ってるのが、普通でっせ」

「そんなもん、うぬぼれだけやないか」

二条大納言があきれた。

「まあ、自薦してくるそのていどの輩《やから》を引き立てるほど、因幡守は愚かやおまへん」

「馬鹿に京都所司代をさせるほど、幕府は人に困っておるまい」

松波雅楽頭の考えに二条大納言が同意した。

「禁裏付のおかげで、京都所司代に枷《かせ》がはまったな」

にやりと二条大納言が笑った。

「京都所司代は松平越中守に反発して、近衛《このえ》に近づいとる。これで近衛の力が削げる」

「近衛はんが、それほど甘いとは思えまへんが。近衛はんは武家嫌いでありながら、関白になるためと六代将軍家宣《いえのぶ》公の正室を出しはるくらいでっせ」

「そこまで考えていたとは思わんがの。近衛の娘が御台所になったんは、五代将軍綱《つな》吉《よし》に子がいなかったおかげや。そのおかげで甲府藩主でしかなかった家宣が大樹になった。いかに近衛が、策謀を稼業としているとはいえ、そこまでは読めないやろう。もしそうやったら、他の摂家方はどれも近衛に勝たれへん」

二条大納言が表情を引き締めた。

「当家も徳川との縁はございまへん」

松波雅楽頭も声を重いものにした。

「一条と九条もよう似たもんや。近衛より先に徳川との縁を結んだ鷹司《たかつかさ》は、大きな傷を負うただけやしな」

鷹司家は早くから徳川に近づいた。三代将軍家光《いえみつ》の御台所として姫を送り出したのを皮切りに、五代将軍綱吉の正室も鷹司の娘であった。

しかし、一度目は家光と姫の折り合いが悪く、大奥へ入ることさえできず、閨《ねや》をともにすることもなく、終生二の丸で幽閉された。

「傷っちゅうと、五代将軍の御台所になった鷹司信子さまのことで」

「そうや」

二条大納言が沈痛な面持ちで首肯した。

「天下を救った姫さんですのに……」

「徳川にとっては鬼門や。いかに生類憐《しょうるいあわ》れみの令を終わらせ、悪僧隆光《りゅうこう》の法皇就任を防ぐためとはいうても、御台所が将軍を害したのはまずいやろ」

大きく二条大納言が首を左右に振った。

「弓削《ゆげ》の道鏡《どうきょう》以来の大事になりかけたんでっせ。どれだけ将軍家の帰依が厚いいうたかて、出は庶民や。皇統以外の者が法皇を名乗るなんて、許されたまねやおまへん」

松波雅楽頭が憤慨した。

「将軍家の横暴を止める。そのために家康公との間になった約束。将軍の正室は朝廷から出す。その決まりを鷹司の信子は守った。だが、徳川にしてみれば、家康公との約束なんぞ百年も前の古証文でしかない。そのときは朝廷の後押しがなければ、徳川は征夷大将軍になれなかった。なにせ、大坂にまだ豊臣があったからの。しかし、豊臣が滅んで天下が完全に徳川のものとなったとき、朝廷と家康公が交わした証文は、もうただの紙切れになった。そう、徳川が思ったのも無理はない。我ら朝廷が余りに情けなさ過ぎた。せめて豊臣を大名ではなく、公家としてでも残しておけば……」

二条大納言が小さく首を振りながら、続けた。

「豊臣は徳川の主筋《しゅうすじ》。忠義を根本に位置させている徳川幕府としては、あるかぎりは気にせねばならぬ相手だ。その相手を朝廷が保護している限り、幕府は我らをないがしろにできないはずだった。それを、我らの先祖が……」

無念だと二条大納言が歯がみをした。

「いまさらの繰り言じゃな」

覆水は盆に返らない。過去を修正することは神にもできないのだ。二条大納言が嘆息した。

「武家と繋《つな》がらんと摂家が力を持てないというのがなあ」

朝廷の凋落《ちょうらく》ぶりを二条大納言が嘆いた。

「そこへ、今回の一件や。分家から本家に入って将軍に就いた息子が父に大御所の称号を下賜して欲しいと願ってきた。これは、過去に例がないことやで。うまく利用できれば、二条が徳川に恩を売れる。いや、立ち回り次第ではもう一度朝廷に往年の輝きを取り戻せるやも知れん」

「はい」

松波雅楽頭も真剣な顔で首を縦に振った。

「なにせ、大御所称号を使用するゆえ、追認しろと通告してくるのが昨日までの幕府だった。朝廷は何一つ言えず、黙ってそうしてきた。それが今回初めて将軍は嘆願という形を取ってきた。これは……」

「将軍家が幕府の中心におらぬということでございましょう」

答を促すような二条大納言に松波雅楽頭が答えた。

「そうじゃ。傍系から入った者はどうしても譜代の者たちから侮られる。本来ならば、将軍になれる身分ではなかったのだぞと軽く見られるか、我らの力でその地位に就いたのだから言うことを聞けと傀儡《かいらい》扱いされるか」

「仰せの通りでございまする」

「それを十一代将軍の家斉はわかっている。いや、早速将軍親政をしかけて、越中守らの老中たちから痛い目に遭わされた。だからこそ、実の父に大御所称号を求めた。勝手に名乗らせたのでは、老中たちの反発で消されてまう。それが朝廷からの下賜となれば、老中ごときではどうにもできぬ」

天下の政を一手にしている老中とはいえ、官位でいけば四位侍従でしかない。天皇からの賜りものに異を唱えることなどできなかった。

「そして大御所称号は前の将軍に与えられるもの。朝廷から大御所称号を下賜されたら、家斉の実父一橋治済は前将軍同様と認定されたことになる」

「家斉公は傍系から直系に変わる」

松波雅楽頭が息を呑んだ。

「うむ。家斉は幕府を手中にするため、朝廷の後ろ盾を欲している。どの将軍もしなかった鬼札に、朝廷という権威にすがった。これを好機と言わずしてどうする」

「さすがでございまする」

そこまで読み切った主を、松波雅楽頭が誇りに思った。

「この一件、麿《まろ》が仕切るで」

「ははあ」

宣言した主君の前に、松波雅楽頭が平伏した。

禁裏へ上がった鷹矢は、武家伺候の間で、熱心に書付を見ていた。

「なにしてはりまんねん」

いつの間にか武家伺候の間に、年老いた仕丁の土岐《とき》が入りこんでいた。

「……どうやって」

集中していたとはいえ、他人が近づいて気がつかないとは思えない。声をかけられた鷹矢が唖然とした。

「そこの襖を開けてですがな」

土岐が背後を指さした。

「音がしなかったぞ。そこの襖は建て付けが悪く、開けるときしむのだぞ」

鷹矢があり得ないと言った。

「こつがおまんね。こういった建具をそっと開けるこつが」

なんでもないことだと土岐が頭を左右に振った。

「で、なにを真剣に見てはりましたんで」

鷹矢が遮る間もない早さで土岐が、首を伸ばして書付を読んだ。

「これは内証の抜き書きでんな。ほう、田島屋はんはこんな高い値で、禁裏はんへ菜を売りつけてまんのか」

「わかるのか」

述べた土岐に、鷹矢が驚いた。

「当たり前でんがな。独り身の仕丁なんぞ、手前で用意せな、誰もお飯《まんま》作ってくれまへんのでな。買いものも同じですわ。毎日、露店を見て回って、その日、もっとも安いもの探さんと金がもたんようになりますねん。相場くらい摑《つか》んでんとだまされますがな。商人ちゅうのは、ちょっとでも高う売ろうとしまっさかい」

土岐が語った。

「ふむう」

鷹矢がうなった。

旗本の当主は、まず買いものをしなかった。欲しいものがあれば、出入りの商人を呼びつけるか、用人に指示して買ってこさせる。

万一なにかあったときのために用心金という名の小判を一枚、紙入れには入れていても触ることさえないのだ。ものの価値などわかるはずもなかった。

「禁裏付はんやったら、わからんでも当然でっせ。こんな細かいこと気にしてたら、やってられまへんで」

放って置けと土岐が手を振った。

「なぜだ。この田島屋は禁裏に損を押しつけ、暴利をむさぼっておるのだぞ」

鷹矢が怪訝な顔をした。

「田島屋だけやおまへん。わいは内証にかかわったことがないよってに、絶対とは言えまへんけど、まずまちがいなく出入りの商人は皆上乗せしてまっせ。その全部を取り締まれまっか」

「せねばなるまい。それが禁裏付の仕事だ」

確認するような土岐に、鷹矢が答えた。

「漏れなくでっせ。一人でも逃がしたら、捕まった連中が黙ってまへん。逃げた奴から禁裏付は金をもらったと騒ぎたてますで」

「金などもらっておらぬぞ」

「甘いなあ。禁裏を、いや京《みやこ》を舐めたらあきまへん。噂《うわさ》だけで名門公家が潰れるのが京。武家の一つや二つ、消し飛ばすくらいは簡単にしてのけます」

「えん罪だろう」

「はいな。しゃあけど、禁裏はお天子さまのお住まいになるところでっせ。罪科《つみとが》の者は足を踏み入れられまへん。神聖なとこや。そこに疑いを持たれている者を入れられまっか」

「……………」

正論だけに鷹矢は黙るしかなかった。

「疑いが晴れるまで、禁裏へ入られへん。そんな禁裏付が役目を果たしてるとは言えまへんやろ。そして疑いはいつ晴れるかわかりまへん」

「京都町奉行所が、その偽りを申し立てている者を取り調べて……」

「でけまへんで、それ」

言いかけた鷹矢を土岐が遮《さえぎ》った。

「なぜだ。罪人を裁くのが町奉行所であろう」

「町奉行所は禁裏に手出しできまへんがな。なんのために禁裏付がおまんねん。禁裏にかかわる罪は、すべて禁裏付が裁断しますねん。で、禁裏付はお二人しかいてはりまへん。そのうち東城はんは当事者や。当然、取り調べなんぞはできまへんわな。恣《し》意《い》で事実を枉《ま》げる、あるいは隠すかも知れまへんよって。ああ、そない顔を赤くして否定せんでも、わいはわかってますけどな、世間は納得しまへんで」

「むっ」

　そのとおりである。鷹矢は黙った。

「そしたら黒田伊勢守《くろだいせのかみ》はんだけや。それで御所出入りすべての店を調べて、訴えが嘘やと断言できるまで、どれだけかかります。御所出入りの店は百ではききまへん」

「…………」

　想像した鷹矢はなにも言えなかった。

「では、見逃せと言うのか」

「いいえ。罪に問うのは止めたほうがよろしいが、ちいとお灸《きゅう》をすえるくらいはよろしいやろ」

「お灸をすえる……」

　どうすればいいのかわからないと鷹矢は首をかしげた。

「いくつかの店に、典膳正はんが出向いて、商品の値段を問い合わせはったらよろしいねん。そのとき、いきなり正体は明かさず、値段を聞いてから禁裏付やと名乗らはるか、内証帳面を突きだしてやれば、それだけで向こうがびびってくれまっせ」

　土岐が助言をした。

「なるほど。そうするしかないか。いささか、不満だが」

鷹矢は理解したが、納得していないとの表情をした。

「やりすぎたらあきまへんで。大鉈《おおなた》は振るうだけで怪我しまっせ。典膳正さんが気づいたことを今までの禁裏付はんは見逃してた。そのことも考えなあきまへん。先達たちを無能扱いにするのも同然なこっちゃ」

「たしかにそうだな」

鷹矢も役人を務めてきた。役人というのは、仲間意識を大事にする。一人いい子ぶる者は排除された。

鷹矢は書付を懐にしまった。

「今日は、相伴《しょうばん》か」

土岐が武家伺候の間に来た理由を、今更ながら鷹矢が問うた。

相伴とは朝廷から禁裏付へ供される昼餉《ひるげ》を一緒に喰うことだ。これは中詰仕丁の特権とされていた。

「相伴、一度はしてみたいですけどな、中詰になるには身分がたりまへんわ」

訊かれた土岐が苦笑した。

中詰仕丁は仕丁のなかでも上位になる。禁裏付が詰める武家伺候の間、もしくは日記部屋に詰め、禁裏付の所用を担当した。

といったところで、幕府から朝廷への嫌がらせに近い禁裏付に、さほどの用があるわけでもなく、一日座って飯を喰うだけという、貧しい仕丁にとってありがたいことこの上ない当番であった。

「では、なにをしに来た」

「ちいと耳にしたことがおますよって、お報せに来ましてん」

尋ねた鷹矢に、土岐の表情が引き締まった。

「…………」

鷹矢は黙った。

土岐という仕丁を鷹矢は扱いかねていた。警固の家臣として有能な檜川を紹介してくれたり、禁裏の話をいろいろ聞かせてくれたりと、手助けをしてくれている。しかし、その好意の根っこがわからなかった。

「かなんなあ。信用しておくれやす。いままで、一度も損したことおまへんやろう」

いつもどおりの親しげな口調で、土岐が嘆いた。

「それはそうだな」

鷹矢は同意するしかなかった。

「聞かせてくれ」

「京都所司代の用人、佐々木っちゅうお人をご存じですやろ」

「ああ、拙者が赴任して以来、所司代へ行くたびに応対した者だ」

いかに京都所司代の用人とはいえ、禁裏付よりははるかに格下なのだ。鷹矢は佐々木に敬意を払わなかった。

「東町奉行所に捕らえられたらしいでっせ」

「なんだと。佐々木は戸田因幡守の家中であろう。藩士に町奉行所は手出しできぬはず」

聞かされた鷹矢は驚愕した。

「あきまへんなあ」

大きく土岐がため息を吐いた。

「なにが、駄目だと」

鷹矢が憮然《ぶぜん》とした。

「藩士を町奉行所が捕まえた。なぜと問う前に、考えなあきまへん。事実だけを積み重ねていくのも大事でっけどな、その裏を見抜かな、公家の相手は難しい」

土岐の表情が真剣なものになった。

「裏……京都所司代の用人を町奉行所が捕らえる。たとえ目の前で佐々木が人を殺したとしても、町奉行所は指をくわえて見ているしかできないはず……」

鷹矢は思案した。

「一つ付け加えまっさ。佐々木は自ら町奉行所へ出向き、そこで捕まったそうですわ」

「己の足で東町奉行所へ行った……土岐、戸田因幡守どのから池田筑後守どのへ苦情は出ていないのだな」

「出てまへん」

鷹矢の確認に土岐が首肯した。

「町奉行所が佐々木を捕らえたが、それを隠している……はないな。そなたが知っているのだ。あるていど広まっていると考えるべきだ」

「うんうん」

鷹矢の推理に、土岐が首を上下させた。

「……戸田因幡守どのは佐々木を助けようとしていない」

「ええとこまで来ましたが、ちいと違いました」

鷹矢の結論を土岐が残念がった。

「因幡守はんは、佐々木はんを切り捨てたんですわ。町奉行所からの問い合わせに、当家にそのような者はおらぬと」

「………」

酷薄な対応に、鷹矢は言葉を失った。

「佐々木はんもおかわいそうや。今まで主君が京都所司代をうまくやっていけるようにと苦労してはったのに」

しみじみと土岐が言った。

「……土岐」

不意に鷹矢は気づいた。

「なんでんねん」

土岐が首をかしげた。

「佐々木の罪状はなんだ」

「……やっと気づきはりましたんかいな。鈍すぎまっせ。最初に訊かなあかんことですで。まったく南條の二の姫はんもたいへんや」

情けないと土岐が首を横に振った。

「南條どのがどうかしたのか」

「いいえ。こっちの話ですわ。それより、佐々木はんの罪は、伏見屋へ浪人の住まいを提供してくれるように頼んだというやつで」

「浪人の住まい……あやつらか」

土岐の説明で鷹矢は気づいた。

藩士を刺客として送ってきた松平周防守と戸田因幡守はどちらも田沼主殿頭意次の引きで出世してきた、いわば同じ穴の狢《むじな》である。

二人が手を組んで、松平定信の手先とされている鷹矢を襲ったのは不思議ではなかった。

「佐々木はんも、所司代の用人としては、智恵が足りまへん。京に見かけん侍が数日うろついたら、しっかり町屋の者《もん》から町奉行所へ密告されるというのを失念した。そこから足がついたんですわ。侍を囲うなら洛中は避けるべきでっせ。ちょいと離れたところに住まわせたら、町奉行所も気づかへんかった」

土岐が佐々木の手抜かりを指摘した。

「他人に頼る癖が付いた人は、こういう細かいところで転びまんねん。典膳正はんも気つけなはれや。他人任せは危のうおますよってな」

「………」

佐々木を嘲笑《ちょうしょう》した土岐が、鷹矢に忠告をした。

「そうや。もし、ものの値段を知りたいと思わはったんやったら、錦小路《にしきこうじ》に行ってみなはれ。京でも指折りの市が立ってまっせ。しかも、幕府と仲が悪い、一度潰されかかってますよってな。ここやったら上っ面だけでなく、真の姿を見せてくれますやろ。ほな、これで」

言うだけ言った土岐が武家伺候の間を出ていった。

「他人任せはまずい……か」

鷹矢は小さく唸《うな》った。

佐々木の境遇が公家の間に拡がるのは、早かった。京都所司代へ陳情しにくる公家の応対を最初にするのが用人の佐々木であったことによった。

出てくる人物が代わる。それだけならまだしも、まともな引き継ぎもされていないのが丸わかりな対応を見せられて、なにかあると気がつかない公家はいない。

「ほう、佐々木がな」

安永《あんえい》七年（一七七八）二月に関白を退き隠居した近衛内前《うちさき》が、家司から佐々木が町奉行所に捕らえられたとの報せを受けた。

「戸田因幡もつれないこっちゃな。腹心を弊履《へいり》のごとく捨てるとは。これでは仕える者はたまらんやろうに」

　近衛内前がわざとらしいため息を吐いた。

「まあ、失敗した家臣は役立たずやでな。禄を払うだけもったいないないか」

「……………」

　報告に来た家司が小さく震えた。

「しかし、老中じゃ、京都所司代じゃというても役にたたんなあ。息子もまだまだ青いし。手伝ってやるかの。幕府とのつきあいを二条に持って行かれるのはおもろないしの」

　近衛家は代々の武家嫌いで通っている。しかし、今の天下で関白や摂政になるには幕府の後押しが必須であった。甲府宰相家へ嫁した娘が六代将軍の正室になったおかげで、一代の栄華を謳歌した近衛内前は、その縁を息子にも受け継がせたいと考えていた。

「新任の禁裏付も落ち着いたころやな。そろそろ手柄を立てたがるやろう。いつものように禁裏の口向へ手出ししてくるはずや。おい、近江守」

「へい」

　家司が顔を上げた。

「御所出入りの商人たちを焚きつけとき、禁裏付が口出ししそうやと言うてな。あと、うちに出入りしている東町奉行所の与力、名前忘れてしもうたわ。そいつにも動けとな」

「どない動けばよろしいやろ」

「それくらいは考えるやろ。いや、一つだけ言うとき。十年前と同じ失敗はしいなとな」

指示を出した近衛内前は、興味をなくしたように家司から目を離し、手元の歌集へと興味を移した。

「定家本はええなあ」

近衛内前が歌集に没頭した。

第二章　東《あずま》と都《みやこ》

一

老中首座松平越中守定信は多忙を極めていた。

「勘定方へ大奥のかかりがどれだけであったかの明細を出せと伝えよ」

「古米が残っていないかどうか、浅草米蔵へ調べをさせよ」

次々と指示を出しながらも、目は提出された書付から離れていない。

「寛永寺《かんえいじ》からの願い出である月供養の費《つい》えについてだが、諸事倹約の時期じゃ。半減とは申さぬが、四半分は削れよう。その旨、寺社奉行を通じて伝えよ」

「代々の将軍家供養でございますが……」

老中の側に付き、書付の製作、先例の調査などを担当する奥右筆《おくゆうひつ》が、本当にいいのかと確認した。

「御当代の上様でさえ、ご辛抱願っておるのだ。御先祖方にも我慢をしていただいて当然であろう」

訊くほどのことでもないと松平定信が断じた。

ここで前例がどうの、寛永寺の反発があるのと言い立てるのは愚の骨頂でしかない。ときの権力者というのは、諫言《かんげん》、忠告を反対論としか受け止めない。うなずかない者は敵として排除する。

田沼主殿頭という政敵を葬って、天下を手にした松平定信の苛烈さは誰もが知っている。

長崎奉行に匹敵するとまでいわれる余得を得られる奥右筆の地位を失うのは、あまりにも惜しい。

「……はい」

老中首座が言い切ったとなれば、幕府すべての書付を扱う奥右筆といえども引くしかなかった。

「越中守さまに申しあげまする」

老中の執務室、上の御用部屋の襖が開き、お城坊主が顔を出した。

「お取り次ぎいたしまする」

お城坊主のなかから選ばれた御用部屋坊主が、用件を問うた。

「上様のお召しにございまする」

お城坊主が十一代将軍家斉が、松平定信を呼んでいると告げた。

「承りましてござる」

御用部屋坊主が両手を突いた。

「では、ごめん」

使者役のお城坊主をなかにいれず、御用部屋坊主が襖を閉じた。

わずかな間でも、機密を扱う御用部屋のなかを外から見える状態にするわけにはいかない。襖を閉めた御用部屋坊主が、小腰をかがめた状態で、最上席に座している松平定信のもとへ来た。

「上様のお召しでございまする」

「承った」

大仰に松平定信が頭《こうべ》を垂れた。

いかに御用部屋が広いとはいえ、坊主同士の遣り取りは聞こえている。しかし、聞こえているからといって、さっさと立ち上がり将軍居室の御休息の間へ向かうのは礼に反していた。

「無駄な遣り取りだ」

そう思っていても、これも儀式のようなものである。将軍の呼びだしだとしても、執政たる老中は慌てない。将軍もすぐに来なかったとして、責めたりしない。

それだけ大政を委任される老中は尊重されている。

将軍でさえ気を使う。これほど老中の権威は強いものであった。

「御一同、お召しでござれば、ごめん」

御用部屋に残る老中たちにも挨拶は要《い》った。留守中に届けられる案件を任せることになるからだ。

「ご懸念なく」

「お任せあれ」

残る老中たちが口々に応じた。

すでに御用部屋から田沼主殿頭の影響力は排除してある。今いる老中たちは皆、松平定信の腹心ばかりであった。

「うむ」

満足そうにうなずいた松平定信は御用部屋を出た。

御用部屋から御休息の間は少しだけとはいえ離れていた。松平定信はお城坊主の案内で中奥へと進んだ。

かつて御用部屋と将軍居室はすぐに行き来ができるように隣接していた。

それが五代将軍綱吉のとき、大老堀田筑前守正俊《ほったちくぜんのかみまさとし》が若年寄稲葉石見守正休《いなばいわみのかみまさやす》によって刺し殺されるという大事件があったことで変わった。

「上様に狼藉者《ろうぜきもの》が近づきでもしてはおおごとである」

刃傷《にんじょう》が御用部屋の前で起こったことで、将軍の身にも凶事が及びかねないと怖れた連中によって、将軍は御座の間からさらに奥まった御休息の間へと引っ越しをさせられた。

結果、将軍は益々政《まつりごと》から切り離されることになった。

幼かった七代将軍家継《いえつぐ》はやむをえないとしても、九代将軍家重《いえしげ》、十代将軍家治などは、まったく政に興味を示さず、御用部屋から遠いことを嘆きもしなかった。

とくに家治は田沼主殿頭を信頼し、すべての上申を「主殿頭のいうようにせよ」としかいわず、そうせい公とあだ名されるほどであった。

「これだけは、主殿頭の功績よな」

御用部屋から中奥の御休息の間へと向かいながら、松平定信は独りごちた。

「将軍を政から遠ざけるという前例を固めてくれた」

松平定信が田沼主殿頭を称賛した。

「七代将軍家継公は政を理解するには幼すぎ、九代将軍家重公は言語不明瞭で意思の疎通ができない。この二人だけならば、将軍が政をしないという前例たり得なかった」

六代将軍家宣《いえのぶ》の死を受けて家継が将軍になったのは五歳のときであり、九代将軍家重は幼児のころの大病で言葉を発する能力を失っている。まず、まともに天下の政をこなすことはできず、補佐が要った。

「しかし、家治公は違う。能力に問題などお持ちではなかった。そのお方から政を取りあげ、老中たちが天下を差配した。これは大きな前例である。その功績を余は認めている。ゆえに田沼を潰さず、一万石の大名として残してくれた。もとが六百石の小納戸じゃ。一代の出世としては望外であろう」

嘲笑を松平定信が浮かべた。

「越中守さま」

御休息の間を警衛する小姓番が、松平定信に気づいた。

「お待たせしたかの」

松平定信が小姓番に家斉の機嫌を尋ねた。前もって、どのような用件かを知るには、将軍の機嫌を訊くのが早かった。

「朝からご気色優れられぬように見受けましてございまする」

小姓番は書院番と並んで両番と称せられる名門旗本の役目である。なかでも小姓番は将軍の側近くに仕えることもあり、外様大名など相手にしないほど矜持は高い。

その小姓番でさえ、媚《こ》びを売るのが老中であった。

「さようか。いや、かたじけないの」

口だけで謝意を伝えた松平定信が、御休息の間へと入った。

「お召しと伺い、参上つかまつりましてございまする」

八代将軍吉宗《よしむね》の孫で老中首座とはいえ、将軍の前に出れば臣下でしかない。松平定信は御休息の間下段、中央まで進んで膝を突いた。

「ようやく参ったか」

家斉が不機嫌な声で応じた。

「越中」

「はっ」

松平定信が傾聴するとばかりに、身を前に倒すようにした。

「一橋民部卿の大御所称号について、どうなっておる」

御休息の間は将軍の居室である。ここで敬称をつけられるのは、先代将軍、五摂家、寛永寺門跡、増上寺貫首くらいであった。御三家、御三卿といえども、基本は呼び捨て、将軍より年長で『どの』と付けられるていどでしかない。それを知っていて、家斉は父一橋治済に卿を付けた。

「京へ人をやり、下ごしらえをさせております」

手配はしていると松平定信は答えた。

「なぜ京都所司代にさせぬ」

家斉が疑問を口にした。

「京都所司代が動きますと、目立ちすぎまする。京の公家のなかには、未だ武家への反発を持つ者も多く、上様のご希望というだけで反対いたしかねませぬ。将軍の職になかった者に大御所称号を願うのは、過去に例のないことでございまする。ひそかに手配りをし、一気に決めてしまわねば、どこから横槍《よこやり》が入るかわかりませぬ」

もっともらしい理由を松平定信が述べた。

「躬《み》の望みを潰す者がおると」

「…………」

　確認する家斉に、無言で松平定信が肯定を示した。

「そのような者など、天下に不要じゃ。文句を付ける者など放逐すればすむ」

　強硬な手段を執れと家斉が命じた。

「五位や六位の端公家ならば、どうとでもできまするが、相手が摂関家や清華《せいが》、名家などとなりますと、いろいろなところに影響が出かねませぬ。帝と血筋が近い者を敵に回すのは、よりことを至難なものといたしましょう」

「むっ」

　一層家斉の表情が険しくなった。

「ならばいつ成るのだ」

　家斉が期限を求めた。

「できるだけ早急にとしか申しあげられませぬ。なにぶんにも、公家というものはしきたりで生きておりますゆえ、前例のないことはなかなかに認めようといたしませぬ」

「前例、前例と口を開ければ、古い話ばかり持ちだしおって」

　苛立《いらだ》ちをそのまま家斉が口にした。

「…………」

「公家など血筋だけで、なにもできぬ者ばかりではないか。禄も幕府から出しておるのだぞ。いわば、躬の家来であろう。それが主君の望みを遮るなど、謀叛《むほん》も同じ。言うことをきかぬ者どもに、禄をくれてやる義理はない」

「…………」

憤懣《ふんまん》やるかたない家斉に、松平定信はなにも言わなかった。

「父が待っておるのだ、吉報を」

「上様のお望みをかなえるため、鋭意努力いたしまする」

松平定信がいつまでという期日を避けた。

「誰を京へやった」

家斉が人材について質問してきた。

「もとお使い番の東城典膳正を禁裏付といたしましてございまする」

隠したところで意味がない。問い合わせればすぐにわかることでもある。松平定信は、鷹矢の名前を出した。

「使い番……身分軽い者ではないか。そのような者でできるのか」

家斉が懸念を表した。

「身分軽い者ではございまするが、役目にふさわしい能力を持っております。きっとやってのけてくれましょう」

微妙な言い回しで、松平定信が保証から逃げた。

「側用人か、お側御用取次から誰か行かせるべきであろう」

まだ家斉は納得しなかった。

側用人は大名役で、田沼主殿頭が長くその席にあったことでも知られる。君側中《くんそく》の君側といわれ、側用人を経て老中へと出世していく者が多かった。寵臣の代表と言われるだけあって、将軍の意をよく汲《く》み、その達成のための努力は惜しまない。

「側用人ともなりますと、行列を仕立てて行かねばなりますまい。それでは公家衆の反発を一層受けかねませぬ」

松平定信が否定した。

京は王城の地、公家の土地であり、武家のものではない。千年の京を昔から支えてきたのが公家であるとの自負は、武家が大路を闊歩《かっぽ》するのをよしとはしていなかった。

「己でなにもできぬくせに、面倒な連中じゃ」

家斉が苦い顔をした。

「どうぞ、上様におかれましては、お心静かにお待ち下さいませ。実務は我ら執政衆にお任せいただきたく存じあげまする」

愚痴につきあうほど暇ではない。松平定信が家斉を諭した。

「わかった」

すなおに家斉がうなずいた。

「その代わり、越中、そなたが一橋の館まで参り、父に説明いたせ」

「……わたくしがでございまするか」

家斉の指示に、松平定信が難しい顔をした。

「気に入らぬのか」

「いささか政務が滞《とどこお》っておりますので」

目つきを厳しいものにした家斉を怖れず、松平定信が告げた。

「そう手間もかかるまい。今から行けば、夕刻までには終わるだろう」

家斉はしつこかった。

「それでは下城時刻に差し障りがでまする」

松平定信が首を横に振った。

老中は昼の八つ（午後二時ごろ）に下城するのが慣例であった。執政が遅くまで残っていると下僚たちが帰りにくいということからそうなったと言われている。

もちろん、幕政のすべてを把握している老中が、昼すぎまでで仕事を終えられるはずもなく、屋敷に帰ってからが本番で、夜遅くまで執務している。その老中が、一度出かけ、夕刻に戻って来るなどすれば、諸役人たちが大慌てすることになる。

「なにも戻ってこずともよかろう。そのまま帰邸いたせ。そなたでなければならぬのだ。父に躬が一生懸命努力していると見せるにはの」

出先から直接屋敷へ帰ればいいと家斉が告げた。

「承知いたしましてございまする」

そこまで将軍に言われては拒めない。松平定信は首肯した。

「よい。下がれ」

家斉が手を振った。

御用部屋へ戻った松平定信は事情を話し、下城の用意を始めた。

「越中守さま、これはどのように」

奥右筆が届けられた大奥の購入品一覧の扱いについて問うた。

「同じものを一纏《ひとまと》めにし、どのていどの間隔で購入しているかを書き出せ。値段の差違があるようならば、それも忘れるな」

「はっ」

かなり面倒な作業になるが、奥右筆は眉一つ動かさず引き受けた。

「今夜五つ（午後八時ごろ）までに、屋敷まで持ってこい」

「……わかりましてございまする」

今日中にだという追加の命に、奥右筆が息を呑んだ。が、首を縦に振るしかない。

「では、御一同、お先じゃ」

指示を終えた松平定信は御用部屋を後にした。

二

一橋の館は江戸城一橋御門を入ったところにある。松平定信は中御門を出た後、城中を北へと進み、一橋の館へと向かった。

「松平越中守さま、お出でございまする」

老中が御三卿の屋敷を訪れるには、前触れが要った。同じ八代将軍の血を引く者同士とはいえ、格式は守らなければならない。

一橋館は大門を開き、老中首座を迎える用意を整えていた。

老中は下乗橋《げじょうばし》をこえての駕籠《かご》を許されている。が、いつもと違う道筋をとる都合上、警衛の書院番士や大番組士との無用な軋轢《あつれき》を避けるため、松平定信は徒《かち》であった。

「お邪魔をいたす」

顔を見せたまま松平定信は、一橋館の玄関をあがった。

「お出でをたまわり、畏れ入りまする。どうぞ、こちらへ」

一橋家の家老が松平定信を奥の書院へと案内した。

「すぐに主が参りまする」

「おぬし、能登守《のとのかみ》だな」

辞去しようとした家老を松平定信が名を呼んで止めた。

「はい。ご無沙汰をいたしておりまする」

あわてて家老が平伏した。

「まだ一橋の家老を務めていたのか」

意外そうな顔で松平定信が確認した。

「兄が不始末をしでかしましたが、民部卿さまのお情けをもって、お役目を続けさせていただいておりまする」

家老が顔をあげずに答えた。

一橋家の家老は、田沼主殿頭の弟能登守意誠《おきのぶ》であった。

「そうか。ならばよい。恩を感じ、よく忠を尽くせ」

御三卿の家臣は旗本から選ばれる。基本として幕府が辞令を出して命じるが、御三卿の当主の望みも勘案された。

「はっ」

そそくさと田沼意誠が下がっていった。

「わざわざ、訪問をしてくれてかたじけない」

入れ替わるように、一橋治済が登場した。

「叔父上、ご無沙汰いたしております」

一橋治済は同じ御三卿の出で、年長になる。松平定信がていねいに腰を折った。

「止めてくれ。今では、越中守どのが上席じゃ」

一橋治済が手を振った。

「ご多用のところ、申しわけない」

下座に位置を取った一橋治済が頭を下げた。

「いえ、上様のご命でございますれば」

暗にそうでもなければ来ていないと松平定信が応じた。

「ありがたいことだ」

わざわざ本丸御殿のほうへ、身体を向けて一橋治済が手を突いた。

「…………」

芝居がかったその様子に、松平定信は鼻白んだ。

「では、ご用件を承ろう」

長々と平伏していた一橋治済が、ようやく顔を上げた。

「民部の大御所称号のことであるが……」

ここからは老中首座としての格式になる。松平定信が口調を変えた。

「……お気にしていただかなくともよいものを。わたくしはそのような栄誉を望んでおりませぬのに。畏れ多いことでございまする」

話を聞き終わった一橋治済が、またも感激の様子を見せつけて平伏した。

「ご納得いただけたかの」

松平定信が宥《なだ》めるように問うた。

「もちろんでござる。わたくしごときに、上様のお気遣いをいただき、感謝の念しかございませぬ。それが成就しなくとも、お恨み申しあげることはございませぬ」

「恨む……」

一橋治済の言葉に松平定信が引っかかった。

「聞けば、わたくしの大御所就任を認める代わり、朝廷は閑院宮典仁親王《かんいんのみやすけひとしんのう》さまに太《だ》上天皇《じょうてんのう》の号を贈りたいとお考えとか。分に過ぎまする」

「…………」

謙遜《けんそん》する一橋治済に松平定信の表情が強ばった。松平定信は朝廷から光格《こうかく》天皇の内意として出された閑院宮典仁親王への太上天皇号授与に反対している。そのため、一橋治済の大御所称号も認められていなかった。

一橋治済の言葉は、遠回しに松平定信のせいで話が進んでいないと責めていた。

「どうぞ、わたくしのことは、後に回していただき、まずは朝廷のことをお片付けいただきますよう」

一橋治済が述べた。

「…………」

しらじらしく座っている一橋治済をしばらく松平定信は見つめた。

「越中守どの」

反応しない松平定信に、一橋治済が怪訝そうな顔をした。

「民部よ。上様の縁に繋がる者が、お咎《とが》めを受けた主殿頭の縁者を重用しているというのは、いかがなものかの」

　松平定信が話を変え、田沼意誠のことを咎めた。

「……能登守が気に入られませぬかの」

「個人を気に入る、気に入らないの問題ではない。主殿頭の縁者が上様のお里におるというのはどうかと訊いておる。そういえば、民部は主殿頭と親しかったの」

　思い出したように、松平定信が口にした。

「親しいというほどではございませぬ。先代上様の御嫡男家基《いえもと》公が亡くなられた後、大統をどうするかとなったとき、一門に連なる者として諮問を受けただけでござる」

　一橋治済が田沼主殿頭とのかかわりを否定した。

「ならばなぜ、能登守を側近くで使っておるのだ。かつて主殿頭と縁を結んだ者が、皆遠ざけておるというのに、おぬしだけが変わらぬ。これは主殿頭を咎めた御用部屋への抵抗か」

　松平定信が一橋治済を詰問した。

「これは異なことを仰せだ。咎めを受けたのは主殿頭でござる。その身内に罪は及びませぬ。これは八代将軍吉宗さまがお定めになられたこと」

　謀叛、親殺し以外の罪は、一族に及ばないのが決まりであった。

「それは庶民の場合じゃ。武家の罪は一族で償うものじゃ」

松平定信の言いぶんもまた正しいものであった。吉宗の言い出した連座の禁止は御《お》定書《さだめがき》百箇条にあり、これは武家に適用されなかった。が、従来ほど連座は厳しいものではなくなっていた。

「吉宗公のご遺志を無になさるおつもりか」

「法に従えと言っておる」

反駁《はんばく》する一橋治済に松平定信が言い返した。

「ならば、吉宗公以来でお咎めを受けた大名、旗本の家督からやり直さねばなりませぬぞ」

「むっ」

一橋治済の論に松平定信が詰まった。

八代将軍吉宗の倹約に従わなかった尾張徳川宗春《おわりとくがわむねはる》、九代将軍家重の就任に反対した松平左近将監乗邑《さこんのしょうげんのりさと》など、咎められて隠居謹慎を命じられた大名は多い。だが、どちらも家督は無事に認められている。

家康以来の一門としての慣例で御三家と越前松平は、当主が咎められての隠居となった場合、一度本家に領地を返納し、新たに分家を立てるという特殊な形を取る。

これは徳川にとって格別の家柄に咎めという履歴を残さないようにするため、新たな分家を創設したと装うだけで、実質はなにも変わっていない。

尾張徳川家は、領地を寸土も減らされず、家臣もそのままであった。もし、松平定信の言うよう、連座を厳しく運用するなら、尾張徳川家は領地を削られるか、遠隔の地へ移されるかの罰を受け直さなければならなくなる。無事に終わったと安心しているところに、そのような命が出れば、反発は必至であった。

「それに能登守は主殿頭の弟とは思えぬ薄禄でよく働きまする。功ある者を咎めるわけには参りますまい」

「…………」

「水野某《なにがし》という肚《はら》なしと一緒にされたくはございませぬ。一橋は吉宗公の血を引く者でござる」

黙った松平定信へ一橋治済が言い放った。

水野某というのは、田沼主殿頭の引きで老中になった出羽守忠友《でわのかみただとも》のことである。

徳川家康の実母を出した名門水野家だったが、殿中刃傷を起こしたことで七万石の大名から七千石の旗本へと落とされた。

その落魄《らくはく》した水野を継いだ忠友は、飛ぶ鳥を落とす勢いの田沼主殿頭にすり寄り、見事大名に返り咲いただけでなく、老中にまで登りつめた。そのことに恩を感じた水野出羽守は己に娘しかいなかったこともあり、田沼主殿頭の四男意正《おきまさ》を婿養子に迎えた。

そこまでしてもらっておきながら、田沼主殿頭が失脚するなり、意正を離縁、実家へ送り返し、政治的な連座をさけようとした。

もっともそこまで露骨なまねをしたのがかえって仇となり、この三月に老中を罷免されていた。

「そこまで覚悟があったうえだというならば、能登守のこと、これ以上は言わぬが……余が気に入っておらぬとは知っておくことだ」

険しい顔で松平定信は座を蹴った。

三

ものの値段を知れと土岐に言われた鷹矢は、禁裏から下がると外出の用意を命じた。出入りの商人の店へ行くのではなく、土岐の言うように他人ではなく、実際に己の目で確認したいと考えたのだ。

「どこへ参られますので」

松波雅楽頭のもとへ温子が行っていたため、鷹矢の居室には布施弓江しかいなかった。

「錦のあたりに市場が立つと聞いた」

「市場へ……なにか御入り用ならば、誰ぞを買いにやればよろしゅうございましょう。なにも東城さまが直接参られずとも」

弓江が首をかしげた。

若年寄安藤家で留守居役を務める布施家は上士に入る。弓江は己でものを買ったことなどなく、いつも女中に命じて用意させていた。

「お役目のためでござる。禁裏の内証を監査する以上、なにがいくらするのかを知っておかねばなりませぬ」

「……お役目……ものの値段を知ることが、禁裏付のお仕事だと。菜がいくら、鰯《いわし》が一匹いくらかを知らねばならぬとは」

弓江が驚いた。

「さよう」

鷹矢がうなずいた。

「なんともみょうなお役目でございまする。一千石のお旗本のなさることとは思えませぬ」

小さく弓江が首を左右に振った。

「檜川、供をいたせ」

一人で出歩くのは、怖い。鷹矢は家士の檜川を連れて行くことにした。

「お待ちを。わたくしもお連れ下さいませ」

弓江が同道したいと言い出した。

「見るだけでござるぞ」

おもしろくないと鷹矢は否定した。

「よろしゅうございまする。許嫁として、夫となるべきお方がどのようなお役目をなさるのかを知っておきたく存じまする」

「認めておりませぬが」

許嫁とことあるごとに言う弓江に、鷹矢は閉口していた。

「若年寄を務める安藤対馬守《あんどうつしまのかみ》さまの仲立ちを拒まれるおつもりか」

弓江がきっとした顔で述べた。

「婚姻は家と家のものでござる。婚約をいうなれば、少なくとも東城家と布施家の間で遣り取りがなければなりませぬ。あいにく拙者は弓江どののお父上にお会いしたことさえもござらぬ」

「…………」

正論に弓江が黙った。

「付いてこられるのはよろしゅうございますが、お役目のためでござる。勝手なまねはなさいますな」

弓江が嫌々京に来たことくらいは、その態度から鷹矢にもわかっている。その弓江にこの婚約話の不満をしつこくぶつけるのは大人げない。

鷹矢は同行を許した。

「はい」

ほっとした顔で弓江が立ちあがった。

弓江が江戸から連れて来た女中の葉《よう》を加えて、鷹矢は錦市場へと向かった。

「なぜ、錦へ」

他にも市場は多い。五条通りにも立派な市場はあった。

「錦がもっとも幕府から遠いからでござる」

「幕府から遠い……」

弓江が不思議そうな顔をした。

「今日、禁裏で拙者にものの値段を知らずして、内証監察などできないだろうと忠告してくれた仕丁が教えてくれたのでござる。錦は一度幕府から痛い目に遭っておるゆえ、真実を話してくれるだろうと。ようは、他の市場は幕府と結託しているため、こちらが禁裏付だとわかれば、つごうのよいことしか教えないということでござる」

訊かれた鷹矢が言った。

「なにがございましたので」

弓江が興味を持った。

「今から十年ほど前のことだそうでござる。五条通り市場が、町奉行所役人を抱きこみ、錦市場を潰そうとした」

明和《めいわ》八年（一七七一）、錦市場を形成していた帯屋町、貝屋町、中魚屋町、西魚屋町へ京都東町奉行所から呼びだしがあった。ときの東町奉行酒井《さかい》丹波守忠高《たんばのかみただたか》は、出頭した代表者に錦市場の成立許可に付いて説明を求めた。ただちに錦市場は書付を作成し、由来について届け出たが、不幸なことに開業の許可状は先年の火災で焼失、裏付けとなる証拠がなかった。

「市場を閉鎖いたせ」

　そこを突かれ、東町奉行所から営業を停止させられた錦市場は、冥加金《みょうがきん》として銀十六枚を毎年納めるという条件で存続をしたが、すぐに五条通り市場がより以上の金を積んでことを蒸し返し、ふたたび閉鎖を命じられた。

　幸い、伝手《つて》を頼って幕府勘定方へ話を持ちこみいろいろと画策している最中、東町奉行酒井丹波守が急死、赤井《あかい》越前守《えちぜんのかみ》忠晶《ただあきら》に代わったことで決着がつき、錦市場は再開された。が、四年の月日と年毎に冥加金銀三十五枚を納めるという損害を受けた。

「……御上のなさることに苦情を申し立てるなど」

　若年寄は執政の一人に数えられる。その家中の娘弓江が眉をひそめた。

「命がかかってござる」

　檜川が苦い声を出した。

「商人は、売り買いをして儲けを出し、それで生きておりまする。その商いの場を奪われるのは、死ねと言われるも同じ」

「なにも錦だけが市場ではありますまい。他へ行けばすむこと。商人ならば、どこでもやっていけましょう」

「…………」

反論した弓江を、檜川が冷たい目で見た。

「な、なにを」

弓江が檜川の態度に怯えた。

「商いは縄張りと同じ。そこから出たら、一からやりなおしでござる。歳老いてから、もう一度同じ苦労をしろとでも」

檜川は大坂で剣道場をしていた。厳しすぎる修行を弟子たちに課したため、人気が出ず今回鷹矢が用心棒を求めているとの報に応じて、道場を閉じた。

それまで何十年も商都大坂で過ごしてきたのだ。商いの酷薄さを肌に感じて知っていた。

「檜川、言い過ぎだ」

弓江は安藤対馬守からの預かりものである。鷹矢は檜川を抑えた。

「……申しわけございませぬ」

主君に注意をされて檜川が詫びた。

「布施どの。これから行く場所で同じようなことを口にされたときは、お役目の邪魔になりますので、お帰りいただく」

「…………」

弓江が黙った。

「屋敷ではなく、江戸へでござる。御用の邪魔になるようでは、吾が妻にふさわしからずという一文を添えて」

「そんな……」

鷹矢の言葉に弓江が絶句した。

「我らはお見合いをしている段階でござる。婚姻を約せば、それを破棄するは信義にもとりまするが、今ならば男のつごうで断れまする」

武家の婚姻は、その多くが仲立ち人を介した見合いであった。

基本として見合いは女の実家でおこなわれる。男が女の家を訪れ、そこに見合い相手となる娘が茶を出す。しばし、話をした後、この見合いを受けるならば、お茶に添えられている菓子を持ち帰るか、己の持っている白扇を娘に渡す。

保留するときは、なにもせずに帰る。

そして見合いは男からしか断れないのが慣例であった。女がどれだけ相手の男を嫌がっていても、見合いを受けた段階でその意志は黙殺される。

これは男が戦うことで家を成すという武士の本分に根ざしたものであり、庶民の場合は別であった。

「申しわけありませぬ」

役目の足を引っ張ったとあっては、いかに若年寄安藤対馬守の手配とはいえ、婚姻はなりえなかった。

弓江が頭を下げた。

「よろしいな」

もう一度釘を刺して、鷹矢は歩を進めた。

錦市場は錦小路通りの高倉通りから寺町通りの間に連なる店の総称である。その歴史は平安のころにまでさかのぼるといわれ、正式に市場として認められたのは大坂に豊臣家が滅びた元和《げんな》元年（一六一五）、幕府から魚問屋の称号を許されたことによる。

「檜川、そなたは自ら買いものをしたことがあるか」

市場が近づいたところで鷹矢が訊いた。

「大坂にいたころは、何日かに一度、菜を買いに出ておりました」

貧しい道場主では嫁ももらえない。檜川は自ら家事一切をしなければ生きていけなかった。

「では、あるていどものの値段はわかっているな」

「大坂での値付けでよろしければ」

確認された檜川がうなずいた。

「とりあえずは、値段が高いか安いかを見てくれ」

「承知」

檜川が前に出た。

買いものの経験がないどころか、市場に足を踏み入れたことさえない鷹矢は、店先に並べられている商品が珍しく、あちこちに目をやった。

「あれはなんだ」

「塩鯖《しおさば》でございましょう」

指さした鷹矢に、檜川が答えた。

「あれが鯖か」

鷹矢は初めて見るまるのままの鯖に目を剝《む》いた。

「向こうにあるのは味噌《みそ》屋か」

「漬け物の匂いがするの」

せわしなく廻りを見ていた鷹矢が気づいた。

「値がどこにも書かれておらぬ」

どの店の商品にも値段は書かれていなかった。

「どういうことでしょう」

弓江も同じように首をかしげていた。

「値段がわからねば、手持ちの金で買えるかどうか、わからぬ。民たちはどうやって買いものをするのだ」

鷹矢が戸惑った。

「よろしゅうございましょうか」

最後尾で控えていた葉が手を上げた。

「なんじゃ、葉」

弓江が発言を許した。

「値は問うのでございまする。たとえば、あの味噌は百匁《もんめ》（約三七五グラム）でいくらかと」

「なるほど。訊けば値段がわかる」

葉の説明に、弓江が手を打った。

「一度試してみたく存じまする」

弓江が味噌屋へ向かった。

「これ、そこな者。この味噌は百匁でいくらじゃ」

横柄な態度で弓江が味噌を指さした。

「……百八十文で」

味噌屋が弓江から目を逸《そ》らして答えた。

「安いの。葉、財布を」

弓江が女中を呼んだ。

「はい」

葉が百八十文を出して、味噌を受け取った。

「簡単なこと」

意気揚々と弓江が胸を張った。

「いけませぬ」

檜川が首を横に振った。

「値を問い、金を払い、商品を受け取った。なにが気に入らぬと申すか」

弓江が苦情を申し立てた檜川に言い返した。

「吾もどこが悪いか、わからぬ」

鷹矢も同意した。

「言い値で買ってはなりませぬ。しばし、ご覧あれ」

檜川がもう一度味噌屋へと向かった。

「亭主、この味噌は百匁でいくらだ」

「……百六十文で」

まだ家臣になったばかりで、十分といえるほど身形《みなり》を整えられていない檜川の風体を見た味噌屋が答えた。

「なっ」

「…………」

高く売りつけられたと知った弓江が憤り、鷹矢は啞然とした。

「ふざけたまねを……」

怒りをぶつけに味噌屋へ弓江が近づいた。

「待たれよ」

思わず、鷹矢は弓江の肩に手をかけた。

「えっ」

婚姻をなすまで、男は女の身体に触れない。女は男に触れられてはならない。これが武家の定めである。

弓江が予想外のことに固まった。

「……これはすまぬ」

あわてて鷹矢は手を放した。

「い、いいえ」

弓江が真っ赤になった。

「まだ続きがありそうなので……つい」

男と違う柔らかい感触に、鷹矢も頰を赤くした。

「続きでございまするか」

怒りを霧散させた弓江が、味噌屋へ目をやった。

「百六十は高いのではないか。味噌は毎日使うものぞ」

「お武家はん、見かけんお顔でんな」

味噌屋が檜川をじっと見た。

「大坂から越してきたばかりでな。初めてここへ来た」

檜川が答えた。

「大坂のお方ですかいな」

難しい顔を味噌屋がした。

「京は大坂と違いますよってなあ。大坂やといくらで」

味噌屋が逆に問うた。

「この照りと練りだと、百匁で百二十文というところか」

「冗談《てんご》言うたら、困りまっせ。これだけのものが百二十文やなんて」

檜川の出した金額に、味噌屋が目を剝いた。

「では、いくらじゃ」

「百五十文」

「まだだ。百三十文」

「勘弁しておくれやす。百四十五文、これで精一杯で」

「切りの悪いことを。百四十文でどうだ」

「……かなわんなあ。しゃあおまへん。その代わり、今後もうちで買《こ》うておくれやす」

味噌屋が負けた。

「わかっているとも。亭主、金だ」

檜川が金を出した。

「ところで亭主、その奥にある味噌はなんだ。初めて見る色だが」

「これでっか。名古屋の赤味噌ですわ」

「それが赤味噌か。どんな味だ。少し付けてくれ」

檜川はさらに試食分まで要求した。

「これやから、大坂の人はかなんねん」

文句を言いながら、味噌屋がひとすくいの赤味噌を足した。

「また来る」

満足そうにほほえみながら檜川が戻ってきた。

「すさまじいな」

「これが買いもの……」

「……お嬢さま、違いまする」

檜川の交渉に、鷹矢は感心し、弓江は啞然となり、葉が否定した。

「江戸ではこのような交渉《まね》はいたしませぬ。江戸では、まず値切るような恥ずかしいまねは決してしてはなりませぬ。庶民ならばまだしも、武家は決してしませぬ。誰かに見られれば、布施のお家は金に窮していると噂されてしまいまする」

強く葉が首を横に振った。

「大坂で生きていこうと思えば、これくらいできねば……」

責められていると思ったのか、檜川が言いわけをした。

「なるほどな」

鷹矢は納得した。

「土岐が言った他人ではなく、自ら知れというのは、このことか。禁裏は商人の言うがままの値でものを買っている」

思わず鷹矢は興奮していた。

「禁裏の買いものを仕切る者がそれを知らぬはずはない。商家から金をもらって見過ごしておるのだな」

「殿、声が高《たこ》うございまする」

立ち止まって大声を出した鷹矢を、市場の者たちが見ている。そうでなくとも、明らかに身分ありげな武家が家臣を連れて来ているのだ。端《はな》から市場の風景から浮いている。

檜川が鷹矢に注意を促した。

「お、おう」

注目を浴びていることに気づいた鷹矢があわてた。

「行くぞ」

鷹矢は足早にその場を離れた。

「……おい」

「へい」

鷹矢たちの様子をじっと見ていた肥えた壮年の男が、隣に控えていた若い男に顎で合図した。

四

市場を離れ、百万遍の役屋敷への帰途を取りながら、鷹矢は満足していた。

「やはり実地に見ておかねば、理解できぬ。帳面を追うだけでは、なにも真実がわからなかった」

鷹矢は禁裏付が飾りになったわけを理解した。

「千石の旗本は、金を遣わぬ。用人から、金がないから倹約してくれと言われるだけで、世間が厳しいと思いこんでいただけだ」

徳川幕府も十一代を数え、最後の戦いから百八十年近くが経った。戦うことが仕事の武士も刀を鞘《さや》から抜かなくなって久しい。敵の首を獲る、一番乗りをするなどの功績を挙げることで禄を増やしてきた武士の生活が変わった。戦場がなければ武士は無用の長物、いや穀潰しでしかないのだ。なに一つ生産しない者に、経済は冷たい。

泰平によって庶民の生活は安定し、収入も増え、贅沢をするようになった。連れて物価も上がった。しかし、武士の収入はずっと同じである。

幕初は物価も安く、まちがいなく支払われる禄で余裕もあった。事実、そのころの吉原遊郭の上客は武士であった。吉原史上最高の大夫と称された二代目高尾を体重と同じだけの小判を積んで落籍させたのは、仙台伊達《だて》侯であった。

それが元禄あたりから商家に取って代わられ、今や武家は金もないのにしつこく遊女を放さない嫌な客に落ちてしまった。

金がなければどうするか。

庶民ならば、商いをするか、誰も手を入れていない山奥へ行き、田畑を開墾する。こうして収入を得ようとする。だが、武家にこれは許されていなかった。武士はあくまでも、主君のための矛であり、盾なのだ。喰えないからといって離職したり、副業をするなど認められていなかった。

主君が名前さえ知らないような微禄の者の内職くらいは見逃されている。とはいえ、誰でも許されているわけではない。

増収をはかれない武家は、上がった物価にどう対抗するか。

借金をするか、倹約するのだ。

倹約は、収入の範囲でなんとかなるように、買いたいものを我慢することであり、借金は現状を維持するのに足りない分を借りることである。

借金すれば、その金がある間は生活に変化はない。なれど借金は返さなければならないうえに、利子まで付く。一度でも金を借りてしまうと、前よりは状況が悪化する。

それを気にせず借金を繰り返す者もいるが、その末路は哀れであった。重代の家宝を売り、妻や娘を悪所に沈め、最後は武家の身分まで売り払うことになる。

そこまで行く前に気づいた者は、最初から倹約を選んだ者よりも厳しい節約をしなければならなくなる。

結果、旗本などの内証を預かる用人は、当主に倹約をいうことになる。鷹矢の東城家もそうであった。

「これで禁裏の内証に手が入れられる」

ようやく禁裏付としての役目を果たせると、鷹矢は喜んだ。

「殿」

檜川が警告の声を出した。

「なんだ」

襲撃を受け続けて敏感になっている鷹矢は、すぐに応じた。

「やっぱり役人でやがったな」

鷹矢たちを町人たちが取り囲んだ。

「また錦市場を潰す気か」

「冥加金を取りあげておきながら、強欲な」

口々に町人たちが鷹矢たちを罵《ののし》った。

「……なにを申しておる」

激昂《げっこう》している町人たちに鷹矢は戸惑った。

「町奉行所の手先だろう、てめえら」

若い男が一歩前に出た。

「五条の犬め。金をもろうて尾を振りやがってからに。町奉行所は、京の民を守るためにあるんやろうが」

別の一人が大声で叫んだ。

「そういうことか」

土岐から錦市場の事情を聞いていた鷹矢はようやく事態を飲みこめた。役人然とした鷹矢たちの様子に、一度痛い目を見た市場の連中が反応したのだ。

「待て。我らは町奉行所の者ではない。拙者は禁裏付だ」

鷹矢は否定してから役目を明かした。

「うっせい。犬は皆そう言うんじゃ」

「やっちまえ」

若い者が多いからか、聞く耳を持っていない。

「落ち着け。御上役人に手出しをすれば、どうなるかわかってるやろう」

集まったなかで歳嵩《としかさ》の一人が、慌てて仲間を諫めた。

「喧嘩するために集まったんやないで」

歳嵩の男が必死で若い者を宥めた。

「話をするために……」

「やっと落ち着いた商いを邪魔するやつは、思いしらさなあかん」

誰かの一言が、歳嵩の男の制止を破った。

「わああ」

「どつけ、どつけ」

歯止めを失った若い連中が、手にした割木を振り上げて迫って来た。

「檜川、殺すな」

「承知」

剣術の心得のない連中の相手など、何人いても檜川の相手ではなかった。

「げっ」

「ぎゃっ」

檜川の拳で殴られ、蹴られた連中が、倒れて呻《うめ》いた。

「このやろう」

しかし、数は相手が多い。檜川でなく鷹矢に向かう者も出てきた。

「……遅いわ」

松平周防守の家臣たちの動きに比べれば、術も芸もなく、割木を振り上げて落とすだけという攻撃は単調に過ぎる。

「痛てえ」

鷹矢も若い者を摑んで投げ飛ばした。

「女を」

与《くみ》し易しとみたのか、弓江を捕まえようとした男が出た。

「無礼者」

弓江が怒鳴りつけたが、そのていどで怯《ひる》むわけもない。

「くらいやがれ」

割木を弓江にぶつけようとした。

「……………」

無言で鷹矢が割って入った。弓江にぶつけられるはずの割木が、鷹矢の肩を打った。

「やった……えっ」

手応えを感じた男が、己の一撃を受けたのが女ではないと気づいて絶句した。

「もう一度言う。禁裏付東城典膳正である。それを知っての狼藉とあれば、許さぬ」

啞然として固まっている男にもう一度名乗りを挙げ、鷹矢は太刀の柄《つか》を摑んだ。

「き、禁裏付」

「町方やない……」

殴られて怯えた男たちが、ようやく理解した。

「引け、引きや」

歳嵩の男が蒼白になりながら叫んだ。

「わ、わああ」

蜘蛛《くも》の子を散らすようにして、多くの男たちが逃げた。

「放っておけ、逃げるていどの者など、追う価値もない」

鷹矢は、走り出そうとした檜川を制した。

「殿」

檜川が駆け寄って来た。

「申しわけございませぬ」

警固の責を果たせなかったと檜川が深く腰を折った。

「大事ない」

打たれた肩を鷹矢はさすった。

「布施どのを打つつもりだったのだろうが、吾のほうが背が高い。中途半端な打撃になったのか、さほどたいしたものではなかった」

打撃というのは、振り抜いた瞬間に最大の力が出る。そこに至るまでだと振り下ろした勢いも、割木の重さもその威力を発揮できなかった。

「多少は痛いがの」

「あ、ああ、あああ」

苦笑する鷹矢の背中に弓江が抱きついた。

「……布施どの」

鷹矢は驚愕した。

「だ、大事ございませぬか」

弓江が鷹矢の全身を撫《な》でさすった。

「大丈夫でござる。骨は折れておりませぬ。せいぜい、打ち身でございましょう」

鷹矢がうろたえる弓江のするに任せながら、笑った。

「お、お嬢さま」

葉も弓江の狼狽《ろうばい》する姿に驚いて、動けないでいた。無理矢理引きはがすわけにもいかない。

「布施どのを頼む。往来で若い娘が男に抱きついていてはまずい」

その葉に鷹矢は頼るしかなかった。

「は、はい。だ、旦那さま」

葉がうなずいた。

「旦那さまはなかろう」

名門ならば殿、それより少し落ちると旦那さま、これが武家の当主の呼ばれ方である。徳川家では、その境目がわかりやすい。旗本は殿、御家人は旦那さまとなる。ただ、陪臣の場合は家老か藩主一門でもなければ、まず旦那さまであった。なにせ藩主公が殿なのだ。家臣が同じ呼ばれ方は遠慮すべきだからであった。

鷹矢は嘆息した。

「も、申しわけありません」

緩みかけた空気を逃げずに残った歳嵩の男が利用して、鷹矢に謝罪をした。

「何者か」

弓江をそっと離した鷹矢が、歳嵩の男に厳しい眼差しを向けた。

「錦市場帯屋町の世話役をいたしております棚屋《たなや》と申しまする」

緊張を露わに見せながら、歳嵩の男が名乗った。

「禁裏付東城典膳正である」

合わせて鷹矢も三度となる名乗りをした。

「ご、ご身分を存じませず、ご無礼をいたしました」

知らなかったので乱暴してしまったと棚屋が言いわけをした。

「おもしろいことを申すな、そなたは。身分わからぬ者ならば打擲《ちょうちゃく》してもかまわぬと」

「……いいえ」

棚屋が鷹矢の指摘に、必死に首を左右に振った。

「若い者が……」

「今度は年齢のせいか。おもしろいの京は。江戸ならば頑是《がんぜ》ない幼児くらいだぞ、許されるのは。一人前の男が、旗本に手を出して無事にすむと思っているならば、甘い。江戸ならば、無礼討ちだぞ」

逃げ口上を鷹矢は認めなかった。

「……………」

棚屋が汗を流し始めた。

「東町奉行の池田筑後守どのとは面識がある。この顚末《てんまつ》、お話ししてこよう」

「お、お待ちを」

「ひいい」

棚屋を始めとする町人たちが震えあがった。

旗本に暴力を振るった、それも市場ぐるみとなればもうどうしようもなかった。まず、市場としての免状を取りあげられ、この場に来た者はすべて入牢を申し付けられる。

「お助けをお願いいたしまする」

棚屋が土下座をした。

「すいませんでした」

「申しわけもございません」

若い者たちも続いた。

一度町奉行所に目を付けられている。五条通り市場の策謀であったとしても、江戸まで助けを求めて対抗したのだ。ちょうど町奉行が急死したというのもあり、ことは錦市場の存続で終わったが、東町奉行所の面目を失わせたには違いない。

基本、町方はずっと町方のままで、他職へ移らない。十年ほどしか経っていないのだ。今でも当時の町方役人は現役でいた。

そこへ錦市場が馬鹿をしたとの情報が、禁裏付からもたらされたらどうなるかは、赤子でもわかることであった。

「いいえ、許せませぬ」

落ち着いた弓江が、鷹矢の後ろから厳しい声で言った。

「典膳正さまを襲うなど、幕府に対する謀叛も同じ」

「謀叛だなんて……」

九族皆殺しが謀叛の末路と決まっていた。棚屋が気を失いそうになった。

「布施どの」

鷹矢は激昂する弓江を手で制した。

「しかし……」

「ご懸念あるな。なにもなしですませる気はござらぬ」

不服そうな弓江に、鷹矢は言い聞かせた。

「……出過ぎたまねをいたしました」

弓江がうなずいて引いた。

「人も集まってきている。これ以上ここで見世物になる気はない」

弓江から棚屋へと顔を戻した鷹矢が続けた。

「明日、夕七つ（午後四時ごろ）に百万遍の禁裏付役屋敷まで参れ。そなた一人で来るなよ。錦市場四町すべての年寄り一同そろってだ。来なければ、わかっているな」

「は、はい」

棚屋が何度も何度も首を縦に振った。

「戻るぞ」

鷹矢が一同を促した。

五

役屋敷に帰った鷹矢たちを温子が出迎えた。

「お帰りなさいませ」

「ただいま戻った」

鷹矢がうなずいた。

「お珍しい」

弓江を同道していることに、温子が驚いた。

「錦市場まで行ったのでな」

「……錦市場ですか。入りようなものがあれば、買うてきますのに」

わざわざ鷹矢が行くことではないと温子が言った。

「いや、欲しいものがあったわけではない。市場とはどういうものか、ものの値段はどのていどかを見ておきたくてな」

「ものの値段をですか……」

鷹矢の言葉に、温子が反応した。

「うむ。どうしても知らねばならぬのでな」

「訊いてくれはったら、お答えしますのに」

温子が不服そうな顔で言った。

「すまぬ。南條どのが見当たらなかったので、直接確認しに行ったのだ」

「……いえ、こっちこそ、出かけていてすんまへん」

やぶ蛇だと温子が文句を下げた。

「…………」

会話をしながら居室へと進む鷹矢と温子の後ろを弓江が無言で追従した。

「なんぞおましたん」

普段ならば仲良く話をする二人に反発して口を挟む弓江が大人しいことに、温子が怪訝な顔をした。

「いや、たいしたことではない」

鷹矢は詳細を避けた。

「布施はん」

温子が弓江に矛先を変えた。

「はい。なにもございませんでした」

同じ返答をしながら、弓江が鷹矢の左肩に目をやった。

「……………」

それを温子はしっかりと見ていた。

「着替えを」

「はい」

居室へ着いた鷹矢の言葉に、反応したのは弓江であった。

「えっ……」

予想外のことに温子が目を剝いて固まった。

「お羽織を」

鷹矢の後ろに回った弓江が鷹矢から羽織を脱がせた。

「かたじけない」

鷹矢も驚きで、思わず礼を口にした。

「お袴をお脱ぎくださいませ」

側に控えた葉に羽織を渡した弓江が、次だと鷹矢を促した。

「ああ」

温子なら平気で前に回り、袴の紐に手をかける。さすがに武家の娘である弓江にそれはできないとみえた。

　鷹矢は袴の紐を解き、下へ落とした。

「お預かりをいたしまする」

　袴は独特なたたみ方をする。弓江にはできないのか、やはり袴を葉へ送っていた。

「小袖はいかがなさいますか」

「いや、このままでよろしゅうござる」

　問われた鷹矢は断った。小袖の下は繻袢《じゅばん》になる。妻でもない女がいるところで下着姿になるわけにはいかなかった。

「葉、典膳正さまにお茶を」

「すぐに」

　袴を乱れ箱へ納めた葉が、台所へと下がっていった。

「下がらせていただいて、身形を整えたく存じまする」

「少し休まれるがよい。お疲れであろう」

　乱闘に巻きこまれた弓江は、髪と衣服に乱れが出ていた。鷹矢が無理はしなくてもいいと告げた。

「そうさせていただきまする」

一礼して弓江が出ていった。

「………」

温子が険しい目でそれを見送った。

「夕餉の用意をお願いする前に、南條どの、檜川に百四十文を返してやってくれ」

「檜川はんへ、百四十文ですか」

わけがわからないと温子がきょとんとした。

「財布を持って出ておらぬのでな。檜川に買いものの代金を出させてしまったのでござる」

「なにをお買い求めにならはりましたん」

弓江の背中に向けた目をやわらげて、温子が訊いた。

「味噌でござる」

「……味噌ですか。味噌ならば、樽《たる》に一杯おますのに」

あきれたように温子が首を横に振った。

「申しわけない。買いものというものをしてみたかったのでござる」

鷹矢は詫びた。

「よろしゅうございます。お金を檜川はんに返しておきますえ」

温子が腰をあげた。

役屋敷の壁に沿って家臣たちの長屋が並んでいる。温子はその一軒を訪れた。

「檜川はん」

家臣とはいえ、男の一人暮らしの家へ未婚の娘が入るのはまずい。温子は木戸門から檜川を呼んだ。

「……御用でございますか」

すぐに檜川が出てきた。

「これを典膳正はんが」

掌《てのひら》に拡げた袱紗《ふくさ》の上に温子が百四十文を置いた。

「これは味噌の代金……いや、拙者が食そうと思って購入いたしたものでございますれば、いただく筋合いのものではございませぬ」

檜川が遠慮した。

「食事は出してますやろ」

温子が味噌を食べるという檜川に怪訝な顔をした。

独り身の家臣の食事は、主君が用意することが多い。嫁を迎えれば、食事の支給は止まり、代わって扶持が与えられた。

「晩酌の肴《さかな》にいたしますので」

檜川が告げた。

「ああ……」

ちらと長屋の奥へ目を走らせた温子が、置かれた徳利を見つけた。

「お酒はどないしてはりますねん」

「御所西の酒屋で買っておりまする」

訊かれた檜川が答えた。

「今夜から出してあげるよって、夕餉の帰りに持っておかえりやす。ただし、一日一合だけやで」

「いや、そこまで甘えるわけには」

檜川が手を振って断った。

「かまへん、どうせ典膳正はんは呑まはらへんねん。お客はんに備えて買《こ》うてあるだけやし、酒は置いといたら酸うなるしな」

「かたじけない」

禄をもらうとはいえ、まだ召し抱えられて間もない。幾ばくかの蓄えと支度金で賄っている身としては、ありがたいことであった。

「でな、檜川はん。今日なんぞあったんか」

酒を餌に、温子が問うた。

「殿はなんと」

「訊いても教えてくれはらへんねん」

確認する檜川に、温子が首を横に振った。

「殿がお口にされぬのであれば、拙者からは……」

「心配やねん。典膳正はんは、世間を知らんやろ。どこでどうなるかわからへんのが嫌やねん」

温子がうつむいた。

「勝手に詳細をお話しするわけには行きませぬ……が、錦市場の者といさかいがございました」

檜川が折れた。

「錦市場の者《もん》と……おおきにな」

聞いた温子が礼を言った。

「ほな、夕餉のころ、台所へ」

そう残して温子は、檜川の長屋を出た。

「なにがあったんやろ。布施の女がずいぶんしおらしゅうなってる。よろしゅうないなあ。あの女は典膳正はんを男として見てなかったさかい、放置していたんやけど……取られるわけにはいかんねん。南條家のためにも、あたしのためにも」

温子が表情を険しいものへと変えた。

第三章　思惑の誤差

一

無駄でしかないと思っていても、百年以上続いた慣例は無視できない。

鷹矢はわずか六丁（約六百六十メートル）ほどの距離のために行列を仕立て、駕籠《かご》に揺られて禁裏へと向かった。

「禁裏付や」

「難癖つけられたら、えらい目に遭うで」

朝議のために禁裏へ出務する公家たちの牛車が、鷹矢の行列を見て足を止める。

槍を立てることで禁裏付のものとわからせる行列は、かなり高位の公家でも遠慮させる。五位の典膳正が、三位の中納言、四位の侍従を押しのけて進む。

「朝廷は官位がものを言うところであろうに。自らの価値を下げてどうするのか。いや、これが幕府の、武の力」

狭い駕籠のなかで鷹矢はため息を吐いた。

「…………」

なんともいえない気分で、武者溜まりに出た鷹矢を土岐が待っていた。

「朝からご機嫌斜めでんな」

鷹矢の顔を見た土岐が笑った。

「一日の始まりを笑っているか、しかめっ面しているかで、棺桶に入るときの後悔の量が違うと言いまっせ」

土岐が鷹矢に注意をした。

「笑いたくても笑えぬわ」

今、経験したばかりのことを鷹矢は土岐に告げた。

「なんや、そんなことでっか」

聞いた土岐があきれた。

「心配しはらんでも、皆、肚のなかでは武家を下に見てますよって。禁裏付の行列を見つけて牛車を止めるのは、暴れ馬に近づかんのと一緒ですわ」

「……吾は手綱のない馬か」

　言われて鷹矢は不満を口にした。

「お武家はんは、そうですやろ。もとは公家や寺社が持っていた荘園を盗賊なんぞから守るために雇われた家人。それがいつの間にやら、雇い主の手綱を外して、勝手に動き出した。違いまっか」

「………」

　的確な反論に、鷹矢は黙った。

「で、朝からなんだ」

　口で土岐に、いや京の者に勝てるとは思っていない。鷹矢は反論をあきらめて、土岐に所用を訊いた。

　土岐も仕丁であり、武家伺候の間の担当をすることもある。それでも鷹矢の出勤に合わせて待ち構えていたのは初めてであった。

「泣きつかれましてん。錦市場の衆に」

　土岐が笑いを消した。

「錦市場へ行けと勧めたのは、おぬしだったな。なるほど、錦市場の連中と繋がっていたのか」

鷹矢が土岐を睨んだ。

「繋がってないとは言いまへんが、錦市場の連中が阿呆なまねしたんは、わたいの指示やおまへんで。まあ、錦市場は痛い思いをしたとこやから、典膳正はんを見つけたらなんぞ動きをみせるやろうとは考えてましたけどな」

企んだわけではないと、土岐が否定した。

「十年も前の話を、いまだに引きずっているのはどうなんだ」

長すぎると鷹矢があきれた。

「それが京ですわ。ときの流れが江戸と違《ちご》うてゆっくりですよって」

土岐が手を振って笑った。

「わざとか……なぜ、動かそうとした」

その態度から鷹矢は、土岐がわかっていてやったと理解した。

「間を取りもってあげようと思うただけで」

「……間を取りもつ」

土岐の言葉に鷹矢が怪訝な顔をした。

「そうでもせんと、典膳正はんは市場の端から端まで歩いて終わりにしはりますやろ。ほんで、市場を知った気になって二度と行かへん」

「うっ……」

　檜川を同道させていなければ、まさにそうなったという意識を鷹矢は持っていた。

「でまあ、ちょいと錦市場の連中を突いてやれば、向こうから絡みに来まっしゃろ。そうしたらいろいろと話ができますわな」

「そこまで考えていたとは」

　鷹矢が土岐の気遣いに感謝の念を持った。

「やるかぎりは、ええ結果を出さなあきまへん」

　土岐が誇らしげな顔をした。

「もちろん、こっちにも思惑はおまっせ。今回のことでも間に入ってやる代わりに、錦市場から、ちょっとしたお礼をもらえますし」

　にやりと土岐が表情を崩した。

「抜け目がないな」

「そうでもせんと、仕丁の禄だけでは、好きな甘味さえ買えまへんわ」

　あきれる鷹矢に土岐が情けなさそうな顔をした。

「で、錦市場の連中を許してやってもらえますやろか」

「おぬしの甘味のためだ。水に流すとはいかんが、町奉行どのに話をするのは止める」

「おおきに。十分で」

うれしそうに土岐が手をすりあわせた。

「今日の夕七つでおましたな」

「ああ。そのころに役屋敷まで来いと言ってある」

土岐の確認に鷹矢はうなずいた。

「わたいも行かしてもろてよろしいか」

「構わぬぞ」

仲立ちを土岐がしてくれるならば、鷹矢も話の切り出しかたを考えなくともすむ。

「気になることがおますよって」

土岐が表情を曇らせた。

「なにがだ」

鷹矢が問うた。

「棚屋から昨日の一件の話を聞いたんですが、どうも腑《ふ》に落ちんことがおまして」

「腑に落ちぬとは」

首をかしげている土岐に、鷹矢が先を促した。

「市場で店を構えるのは、阿呆のできることやおまへん。ものの見えないやつが商いできるはずもなし」

「だろうな。商いは売りと買いとの差額で成りたつと聞いた。高く買い、安く売ったのでは損しかでぬ。いかに安く買い、高く売るか。時期はもちろん、世情の変化も読まねばならぬ」

鷹矢も同意した。

「錦市場は目利きの集まりでんねん。でなければ、五条通り市場が潰しにかかるはずおまへん」

「うむ。己の力だけでは勝てないからこそ、京都町奉行所に頼った」

土岐の言いぶんを鷹矢も認めた。

「その連中が、多少興奮していたとはいえ、幕府の役人に殴りかかりますやろか」

「と言われても、割木で殴られたのは確かだ」

鷹矢は打たれたところを押さえた。

「そうや、お怪我はどないです」

思い出したと、土岐が尋ねた。

「動かしても大丈夫だが、こうやって押さえると……」

少しだけ鷹矢は顔をゆがめた。

「えらいことをしでかしよったな」

土岐があらためてため息を吐いた。

「京で禁裏付いうたら、所司代はんよりも面倒な相手やちゅうに」

「面倒と言うか」

本音を口にした土岐に、鷹矢が驚いた。

「しまった。口に出してもうたがな。しゃあない、ついでやから言いますわ。京に来ている幕臣で一番偉いのは所司代はんや」

「ああ」

京都所司代は老中への入り口である。

「しゃあけど、所司代はんはなんもせえへん。うかつに朝廷にちょっかいだして、幕府へ文句を付けられたら、己の出世が止まるさかい」

「……」

これも事実であった。

かつて京都所司代を務めた板倉《いたくら》伊賀守《いがのかみ》勝重《かつしげ》などは、朝廷を押さえ、豊臣家を潰すのに辣腕《らつわん》を振るっている。天皇や公家に制限をつけた禁中《きんちゅう》並《ならびに》公家《くげ》諸法度《しょはっと》を制定したのも、板倉伊賀守であった。

「公家衆が大人しゅうなったというのもおますけど、最近の所司代はんは、朝廷を見てまへん。目は東ばっかり向いとる」

東とは江戸のことだ。

「どうやれば、江戸へ帰られるか。いつ執政として京を離れられるか。そんなことしか考えてへん。当然、下手打って己の足を引っ張っては困るさかい、なんもせん。沈《じん》香《こう》も焚《た》かず屁もこかずを地で行くのが所司代はんや」

「返事のしにくいことを」

幕臣として、西国大名と朝廷を見張っている京都所司代が機能していないという話に首を縦に振るわけにはいかなかった。かといって、事実だけに否定することもできない。

鷹矢は苦笑するしかなかった。

「京都町奉行はんもよう似たもんや。まあ、かつての東町奉行酒井丹波守はんみたいに、五条市場から金もらおうといらんことする人もいてはるけど、基本は江戸町奉行か勘定奉行になりたいお方ばっかりや。もっとも今の池田筑後守はんは、ちいと違うみたいでっけどな」

土岐が唇の端を吊り上げた。

「………」

池田筑後守の有能さは見ている。鷹矢は黙って土岐の評価を受け入れた。

「その点、禁裏付はんは違う。五年は嫌でも京でっさかいな。五年先に江戸で報告をするまで帰られへん。いや、そのとき目に見えるもんがなかったら、首になるか、もう一回せんならん。朝廷の機嫌を損ねないように思案しながら、手柄を探す。京へ赴任している幕府役人のなかで、禁裏付はんだけが目を開けてる。ただ、機を窺《うかが》ってる」

「……おぬし、何者だ」

鷹矢が土岐の話を聞いて、警戒をした。

「ただの仕丁とは言いまへんよ。心配しはらんでも典膳正はんの敵ではおまへん。松平越中守の愚かな行動に与しなければでっけど」

「な、なんだと」

軽い口調で告げられたことに、鷹矢は愕然とした。

「ばれてへんと思うてはったんか。それやったら、評価を二つ、三つ下げなあかん」

土岐が驚いた。

「前任の西旗大炊介《にしはたおおいのすけ》はんは、二年ほどで江戸へ戻されましたやろ。あれで妙やと気づきますで。朝廷も前例が鉄則ですけどな、幕府もそうや。その幕府が慣例を破って、五年京で我慢せなあかん大炊介はんを京から離した。それだけ大炊介はんが有能やったら、まあ、わからんでもないけど、あいにくあの御仁は、十五夜の提灯《ちょうちん》や。あっても使わん、持ってるだけ邪魔っちゅうお人やった。京に置いといたら当分の間ほっとけるもんをわざわざ離任させてまで、典膳正はんを京へ押しこみたかった」

「むうう」

鷹矢は唸った。

「そこまでして、幕府が新しいお方を禁裏へ入れたのは、なんでや。今、朝廷と幕府の間に立ってる波風のかたを付けに来たと、五歳の子でもわかりまっせ」

表情を真剣なものに土岐が変えた。

「露見していたか……」

鷹矢が脱力した。

「向いてはりませんなあ」

「言われたくないな、今は」

しみじみと言った土岐に、鷹矢は息を吐くしかなかった。

「止めときなはれ」

一度崩した表情を土岐が戻した。

「禁裏の弱みを探るようなまねは、せんほうがよろし。なんもせんと五年、京を楽しみなはれ」

土岐が忠告した。

「………」

松平定信からの命である。鷹矢の一存でどうなるものでもない。鷹矢は黙った。

「わいが言うてええもんやないけど、禁裏は伏魔殿《ふくまでん》でっせ。禁裏に比べたら、幕府なんぞ赤子や。公家は千年の間、無手で、口だけで敵を倒してきた。幕府は戦を止めて、槍を口に代えたけど、やっと百七十年。歴史が違いま」

「天下は幕府のものだぞ」

力は幕府が持っていると鷹矢は反論した。

「預けてあるだけですわ。天下の政なんぞという面倒ごとは、今上はんのなさることやないさかい」

いつでも取り返せると土岐が口にした。

「なっ……」

鷹矢が絶句した。

「禁裏に幕府を倒す力はない」

「無駄飯喰らいの武家を、なんで禁裏が雇わなあきまへんねん。武士は要るときだけ使えばすみます」

朝廷に倒幕をするだけの武力はなかろうと告げた鷹矢に、土岐が返した。

「鎌倉、室町が倒れたときのことを考えてみなはれ。いや、もっと近いとこでいきましょか。信長が本能寺で討たれたのと、豊臣が大坂で滅んだのはなんでですねん」

「まさか……」

鷹矢は言葉を失った。

「武力は他所《よそ》から持って来たらええ。武士は皆頭になりたがるさかいな。朝廷はそれを認めるだけですむ」

土岐が重い声で述べた。

「さて、えらい話しこんでしもうたわ。仕事せな、怒られる。ほな、後でお屋敷にお邪魔しまっさ」

「あっ」

手を伸ばしかけた鷹矢を無視して、土岐が武者溜まりを出ていった。

「なんだったのだ」

鷹矢は驚きの余り、動けなかった。

二

その日は一日、土岐の語ったことが鷹矢を思い悩ませ、内証への手出しをする余裕はなかった。

「お帰り」

檜川が大声で、鷹矢の帰邸を告げた。

「戻った」

駕籠から降りた鷹矢を、温子と弓江が迎えた。

「お帰りなさいませ」

「お疲れでしたやろ」

弓江が三つ指を突き、温子がほほえみながら鷹矢をねぎらった。

「いささかくたびれた」

「どないしはったん」

初めて鷹矢が漏らした弱音に、温子が驚いた。

「昨日のお傷が……」

弓江が顔色を変えて、鷹矢の肩に触った。

「そこは大事ない」

鷹矢が弓江の手をそっと外した。

「やっぱり、なんぞあったんですね」

温子が見とがめた。

「詳しくお話を聞かせていただきます」

口調も厳しく、温子が要求した。

「もう少しお待ちあれ。相手が参る」

鷹矢が後でと言った。

「相手……」

温子が怪訝な顔をした。檜川から訊きだした話に、相手方の情報はなかった。

「お邪魔さんで」

行列の後に、土岐がいた。

「いつの間に」

鷹矢も驚いた。

「禁裏付はんが、帰らはるときはばたばたしますやろ。奥にいてても気づきますわな」

行列に紛れてきたのではなく、後を追ってきたと土岐が応じた。

「一筋ほど南に棚屋たちの姿が見えましたで。そろそろ来るのと違いまっか」

土岐が南の方を見るまねをした。

「客間の用意を頼む」

「同席は……」

頼んだ鷹矢に、温子が確認した。

「してもらって結構だ」

「わたくしも」

温子に認めるならばと、弓江も求めた。

「布施どのは当事者ゆえ参加してもらうつもりでおるが、嫌ならば無理にとは申さぬ」

暴力を振るわれそうになったのだ。その恐怖がまだ消えていないこともある。鷹矢は気遣った。

「武家の女でございまする。覚悟はできておりますれば」

弓江が強い瞳でうなずいた。

「よし」

鷹矢は着替えをしに居室へと急いだ。


錦市場からは、帯屋町、貝屋町、中魚屋町、西魚屋町の代表と市場世話役の五人が百万遍の役屋敷へ訪れた。

「典膳正さまには、初めてお目通りを願いまする。錦市場の世話役を務めさせていただいておりまする枡屋茂右衛門《ますやしげえもん》と申しまする。この度は、市場の者が大変な無礼を働きました。深くお詫びを申しあげまする」

かなりの老齢ながら矍鑠《かくしゃく》とした男が名乗りを経て、謝罪をした。

「申しわけございませぬ」

棚屋を始めとする四人も額を畳に押しつけた。

「若冲《じゃくちゅう》はん、出てきはったんや」

土岐が鷹矢の答を待たずして、世話役に声をかけた。

「知り合いか」

鷹矢は土岐の口出しに安堵していた。

最初に許す、許さないという遣り取りを避けられたからだ。

……もう少し事情を聞かないと、判断できないと鷹矢は考えていた。

「へえ。このお人は絵師はんですわ。若冲という号で鹿苑寺《ろくおんじ》の大書院障壁画とか、讃《さぬ》岐《き》の金比羅《こんぴら》さんの襖絵とか、描いた名人ですわ」

土岐が紹介した。

「絵師が市場の世話役を……」

市場とかかわりがあるのかと、鷹矢は首をかしげた。

「もとは青物問屋の主でございまして。絵が描きとうて、弟に店を譲って隠居いたしました」

枡屋茂右衛門が恥ずかしそうに告げた。

「五条が錦に悪さしかけたときに応対したんが、このお人や」

土岐が吾がことのように誇った。

「絵描きなんぞをしておりますと、いろいろなところに知り合いができますので」

「なるほど」

なんでもないことだと言った枡屋茂右衛門に、鷹矢は首肯した。

金閣寺の名前で知られる京の名刹《めいさつ》鹿苑寺には、いろいろな文人や名家が出入りする。そこの障壁画を手がけたとなると、そういった名士との交流もできる。

枡屋茂右衛門がいたからこそ、錦市場は町奉行所を敵に回して生き残れたと鷹矢は納得した。

「この度は誠に申しわけもなく、どのようにお詫びをしたらよいのか、わかりかねておりまする」

あらためて枡屋茂右衛門が和解の条件を問うてきた。

「その前に……土岐どのよ、なにか気になると言われていたであろう」

禁裏の雑用をする仕丁とはいえ官位を持っている。身分は禁裏付のほうが上になるとはいえ、枡屋茂右衛門ら知り合いの前で無下な扱いは嫌だろうと配慮しながら鷹矢は、土岐の発言を誘った。

「おおきに」

土岐が礼を言った。

「典膳正はんのお許しが出たさかい、ちいと口出しさせてもらうわな」

姿勢を正して、土岐が錦市場の一同に話かけた。

「あのとき現場にいたのは、棚屋さんやったな」

「へい」

棚屋が首を縦に振った。

「引き連れた連中のなかに、見知らん者はおったかいな」

「……いいえ。皆、知っている者ばかりで」

少し思い出すように考えた棚屋が否定した。

「まずいで、茂右衛門はん」

土岐が目つきを鋭いものにした。

「なにがですやろ」

枡屋茂右衛門が首をかしげた。

「棚屋はん、典膳正はんが禁裏付やと名乗らはってからも、暴れたんやな」

「さようで。最初、典膳正さまが町方ではないと否定されたのを嘘やと決めつけて手を出して、少ししてからあらためて禁裏付さまがお名乗りにならはったけど、誰かがやってまえと言うて、そのまま流れに巻きこまれるように……」

確認する土岐に申しわけなさそうな顔で棚屋が語った。

「なんやて。禁裏付さまとわかってからも……」

聞いた枡屋茂右衛門が驚愕した。

「禁裏付はんに怪我でも負わせてしもうたら、錦市場はもう助からへん。免状の取りあげだけではすまん。市場の代表は皆、入牢や。手出しした者は打ち首になっても文句は言えんぞ」

聞いていた枡屋茂右衛門が顔色をなくした。

「錦市場の者《もん》しかおらんかったのにそれや、茂右衛門はん。おかしないか。棚屋はんは、帯屋町の年寄り役やけどもう二十年からやってはんねん。十分市場の者を抑えるだけの貫禄はある」

「……誰かが五条市場に飼われている」

土岐の言葉に、枡屋茂右衛門が応じた。

「五条市場だけやないで、町奉行所というのも考えなあかん」

断定した枡屋茂右衛門に、土岐が付け加えた。

「さいでした」

枡屋茂右衛門が同意した。

「棚屋はん、それを言うた奴が誰か、わからへんのかいな」

「皆、興奮して口々にしゃべってましたので」

枡屋茂右衛門の問いに、棚屋が申しわけなさそうに首を横に振った。

「声で思いあたる者も、おらへんのかい」

声を荒らげて枡屋茂右衛門が棚屋へ詰め寄った。

「すんまへん、わたいも気がかみずってて……」

浮ついていて気が付かなかったと棚屋が、ますますうなだれた。

「なんのための年寄り役や。若い者の手綱を取るのが年寄りやろう。それが一緒になって騒ぎたててどないするねん」

枡屋茂右衛門が、棚屋を叱《しか》った。

「すんまへん」

棚屋が泣きそうになった。

「悪いが、説明してくれぬか。話がわからぬままここにいるのはかなわぬ」

鷹矢が口を挟んだ。

「あっ」

「すんまへん」

土岐と枡屋茂右衛門があわてて詫びた。

「わいが」

「お願いします」

語ろうと言った土岐に、お願いしますと枡屋茂右衛門が頭を下げた。

「錦市場と五条通り市場とのかかわりはご存じでっしゃろ」

「おぬしから聞いた範囲だがな。全部は話しておるまい」

確かめる土岐に、鷹矢が都合の悪いところまでは教えてないだろうと返した。

「素直なお人やったのに……」

土岐が嘆息した。

「京で生きていくには、裏の裏を見なければならぬと言ったのは、おぬしだぞ」

「成長しはって」

苦笑した鷹矢に土岐が感涙を流すまねをした。

「ごまかすな」

話をうやむやにしようとするなと鷹矢が叱った。

「そんな気はおまへん。典膳正はんを敵に回すわけにはいきまへんよって。ただ、知らんでええこともあるっちゅうだけですわ。さて……」

土岐が言いわけを終えた。

「四年近うかかりましたけど、錦市場は五条通り市場の策略と町奉行所の圧力をはねつけました。冥加金を納めなあかんようになったとはいえ、潰されなかったんでっせ。

錦市場の勝ちですわ」

「ああ」

鷹矢も同意した。武士も商人も生き残れば勝ちというのは同じであった。潰されてしまってからの挽回《ばんかい》は難しいが、多少の傷ならばかえって強くなれる。一度攻められたところを強化するからだ。

「典膳正はんは、まっさらなお方やさかいご存じおまへんやろけど、御上でも朝廷でも役人を動かすには金が要りまんねん」

「賂《まいない》だな」

「さようで。当然、五条通り市場は、錦市場を潰すために町奉行所を動かすだけの金を遣《つこ》うたわけですわ。しかし、結果は失敗や」

「町奉行所へ撒《ま》いた賂が死に金になったのだな」

それくらいは鷹矢にもわかった。

「そして町奉行所は、江戸の勘定方に口出しされたことで顔を潰されました」

「ふむう」

「五条市場と東町奉行所の両方が、錦市場の抵抗で被害を受けたわけですわ」

鷹矢の反応を置いて、土岐が続けた。

「その恨みだと言うのか、今回のことの裏にあるのは」

「一応は、そういうことにしておくれやす」

鷹矢の質問に、土岐がみょうな答をした。

「はっきりいたせ」

わかりにくい京の遣り取りは、竹を割ったように白黒を付けたがる江戸の者にとって気持ちのいいものではない。鷹矢は土岐を怒鳴りつけた。

「茂右衛門はん」

首をすくめた土岐が、枡屋茂右衛門を見た。

「……ここからはわたくしが」

説明の交代を枡屋茂右衛門が申し出た。

「話は錦市場が狙われたときにまで遡《さかのぼ》ります。錦市場を残そうと奔走していたわたくしのところへ、五条通り市場の者がやってきまして」

思い出したのか、枡屋茂右衛門が苦く頬をゆがめた。

「帯屋町だけなら助けてやると。もちろん、五条通り市場の支配下に入るという条件のもとでございましたが」

「仲間の分断か、定番だな」

旗本は皆家督を継ぐ前に昌平坂《しょうへいざか》学問所へ行かされる。基本は林大学頭《はやしだいがくのかみ》の儒学を学ぶのだが、軍学の講義もある。鷹矢は朱子学の読解は苦手だったが、軍学はおもしろく学んでいた。

「もちろん、断りました」

そこまで言った枡屋茂右衛門が、帯屋町を代表している棚屋を見た。

「棚屋はん」

「じ、冗談やおまへんで。わたいは錦市場を売ったりしてまへん」

枡屋茂右衛門の眼差しをそう受け取った棚屋が、必死に否定した。

「まさか、棚屋はん」

「おまえさんが……」

他の貝屋町、中魚屋町、西魚屋町の代表が、棚屋を睨みつけた。

「勘弁してえな。何年一緒に世話役をしてると思うてんねん。わたいが裏切るような男かどうかくらいは、わかってるやろうが」

棚屋が大声を出した。

「それは、なあ」

「たしかにのう」

他の町の世話役たちの勢いが落ちた。

「わいより、そっちが怪しいん違うか。帯屋町に濡れ衣を着せて、裏では五条通り市場と繋がってるんやないか」

憤りの収まらない棚屋が言い返した。

「なんだと」

「こっちになすりつける気か」

また世話役たちが興奮し出した。

「やめんかいな。典膳正はんの前やで」

土岐が騒ぐ一同を制した。

「……すいまへん」

「へえ」

棚屋を含む世話役たちが首をすくめた。

「しかし、十年も前のことだろう。五条通り市場が錦市場を潰そうというか、配下にしようとしたのは。今ごろ、やり返してくるか。当事者のなかには死んだ者もおろう。実際、当時の東町奉行酒井丹波守どのは、卒しておる」

鷹矢がときが経ちすぎているだろうと言った。

「前も言いました。甘いでっせ、典膳正はん。京の者にとって、十年なんぞ昨日の話ですわ。千年の京《みやこ》を舐めたらあきまへんで」

土岐が手を振った。

「なにより、人の恨みっちゅうのはそう簡単に消えるもんやおまへん。とくに逆恨みはしつこい。己から手出したさかいはたき返されてもしゃあないわと思うような連中やったら、端から要らんことしまへんがな」

「面倒な」

思わず鷹矢の口から不満が漏れた。

「あきらめなはれ。その京へ赴任させられたんでっさかいな」

楽しそうに土岐が笑った。

「典膳正さま」

土岐が説明している間、思案していたのだろう枡屋茂右衛門が、真剣な眼差しで鷹矢を見つめた。

「なんだ」

鷹矢が発言を許可した。

「先日のお詫びとは別に、もう一つ恩をお借りできませぬか」

「さらに恩を貸せと申すか」

「はい。禁裏付さまの権威をもって、この場の約束をご検分願いたく」

「ふむ。なにを約すつもりだ」

枡屋茂右衛門の願いの内容を鷹矢は尋ねた。

「ごめんを。御一同」

鷹矢に一礼した枡屋茂右衛門が、世話役たちのほうへ向き直った。

「典膳正さまにお立ち会いいただいたうえで、一つ取り決めをしてもらいましょう」

「なにをせいと言わはるんで」

「…………」

世話役たちが怪訝な顔をした。

「簡単なこと。この場におるもんは絶対錦市場を裏切らんと宣言してくれたらけっこう」

「……なんを」

「そんなこと……」

枡屋茂右衛門の言葉に、一同が困惑した。

「でけへんと言うんか。それは今裏切ってるか、形勢が不利になったら寝返るかと言うことやぞ」

口調を慣れたものに変え、険しい声で枡屋茂右衛門が一同を脅した。

「阿呆なこと言わんとっておくんなはれ」

「ならできるだろう」

そんなことできないと反対した世話役に、枡屋茂右衛門が迫った。

「禁裏付さまの前で誓うんやで。もし、なんかあったら京におられへんようになるがな。そこまで行かんでも、禁裏への出入りはでけへんなる」

世話役の一人が拒んだ。

「わたいは、誓いま」

棚屋が手を挙げた。

「疑われたままやったら、いずれ商いにも陰が落ちる」

裏切っているのではないかと思われているだけで、商売はうまくまわらなくなる。誰でも、敵になるかも知れない者に金を儲けさせようとは思わない。

「よっしゃ。さすがは棚屋はんや。潮の流れを見る目をお持ちや」

満足そうに枡屋茂右衛門がうなずいた。

「貝屋町のん、おまはんはどないや」

「わたくしも誓いましょう。先祖代々錦市場で商いして生きてきたんでっさかいな。心中しますわ」

貝屋町の世話役が従った。

「西魚屋町はん」

「しゃあおまへんな。前のときも四町が一つになったおかげで、どうにかなったんや。ここで割れたら、枡屋さんにどんな顔見せたらええかわからんなる」

西魚屋町の世話役も同意した。

「おおきにな」

枡屋茂右衛門が、賛同してくれた三人に頭を下げた。

「では、中魚屋町のん。出ていってんか」

「そうさせてもらうわ。こんな茶番につきおうてられるかい」

中魚屋町の世話役が立ちあがった。

「わかってると思うが、世話役は辞めてもらうで」

枡屋茂右衛門が中魚屋町の世話役に声をかけた。

「なんでや。いかに枡屋はんというても、中魚屋町のことへの口出しはでけへん」

中魚屋町の世話役が反発した。

「裏切るかもしれんと言うとるもんに世話役なんぞさせられるかいな。心配せんでも、明日には中魚屋町、いや、錦市場全域に今日の次第始終全部報せるよって」

「八分《はちぶ》確定やな」

冷たく告げた枡屋茂右衛門に、土岐が加えた。

「なっ……」

「葬式と火事以外は絶縁が八分のしきたり。商売人が八分くろうたら……仕入れは止まる、誰もものは買わへん、掛け代金は期日を待たずに請求される。店は潰れるな」

土岐が絶句する中魚屋町の世話役に止《とど》めを刺した。

「……わかった」

中魚屋町の世話役がもう一度座り、誓いはなされた。

「典膳正さま。錦市場として二つの借り。その内一つは、わたくしの借りとしていただけませんでしょうか」

絵師として諸方へ出入りし、高僧や文人とつきあう枡屋茂右衛門は、見事に口調を使い分けて見せた。

「おぬし個人への貸しか」

「はい」

吟味するような鷹矢へ、枡屋茂右衛門が首を縦に振った。

「お勧めしまっせ。きっと茂右衛門はんは役に立ちますよってな」

土岐が推奨した。

「二つも借りを作っては市場もたまるまい」

「へい」

鷹矢の確認に、昨日騒動の場にいた棚屋が認めた。

「わかった。枡屋、おぬしに貸し付けよう」

「ありがとう存じまする」

わかったと応じた鷹矢に、枡屋茂右衛門が礼を述べた。


帰って行く錦市場の一同に鷹矢は一つの指示を与えた。

「ものの値段を十日に一度、役屋敷まで報せること」

これをもって鷹矢は、禁裏の内証、口向へ斬りこむつもりでいた。

「…………」

その様子をじっと見ていた温子が、役屋敷を抜け出した。

百万遍の役屋敷から、二条家の屋敷は近い。禁裏付役屋敷前の道を北進、今出川通りを左に折れればすぐに二条家の広大な屋敷の屋根が目に入る。

「こんな遅くに来るとは珍しいの。まもなく暮れ六つ（午後六時ごろ）だというに」

訪《おと》ないを入れた温子を、松波雅楽頭が迎え入れた。

「なんぞ、あったんか」

松波雅楽頭が問うた。

「さきほど……」

部屋の隅で見聞きしたすべてを温子は語った。

「……ほう」

聞き終わった松波雅楽頭が思わず声を漏らした。

「まずは、でかした。大切な話し合いに同席できるほど信頼されたこと、褒めてやるわ」

「畏れ入りまする」

温子が頭を垂れた。

「問題は、口向への手出しやなあ。あの差額で蔵人たちは贅沢しているようなもんやし、それを見て見ぬ振りしてもらうため、あちこちに金を撒いてる。その金で息継ぎできてる公家も多い。大炊《おおい》とか膳所の連中なんぞ、ほぼそうやろ」

禁裏には、台所は二つあった。天皇とその一族のための食事を司る内膳と参内した公家や禁裏付の食事を作る大膳である。

「そのへんの反発を考えているのかの、典膳正は」

「おわかりではないかと」

首をかしげる松波雅楽頭に、温子が言った。

「やろうな。わかっていてするようやったら、排除せんならん。気がついてないだけの子供やったら、一度お灸を据えてやればええ、二度と手出ししようと思わんようにしつけるだけや」

鷹矢を子供だと松波雅楽頭が断じた。

「では、いかがいたしましょう」

「今回は放っておき。口向の連中からそっぽ向かれるのがええわ」

おもしろそうに松波雅楽頭が述べた。

「……はい」

鷹矢を陥れることになる。しかし、松波雅楽頭の指示に従わなければ、実家の南條家が沈んでしまう。

温子が小さくうなずいた。

「もう帰れ。暗くなってからの帰りは不審を買う」

「そういたしまする」

松波雅楽頭の言葉に温子が従った。

「ああ、待ち。そろそろ禁裏付に抱かれるようにせい」

「……………」

温子が固まった。

「信頼を繋がりに変える頃合いや。ええか、できるだけ早いこと、閨に侍《はべ》るようにな。そうなったら、すぐに報告に来い。御所はんにそなたを娶《めと》るようにと禁裏付へ申し付けてもらう。そのあとは毎晩でもせがんで、さっさと子を孕《はら》み。子は鎹《かすがい》やというからの」

「はい」

身体も差し出す。父を蔵人にしてもらうときの条件であった。

温子は承諾するしかなかった。

三

用人の佐々木を切り捨てた京都所司代戸田因幡守だったが、それでもすべての耳目を失ったわけではなかった。

京都町奉行所の与力が出入りとして所司代のもとへ毎朝やって来て、市中のできごとや噂を京都所司代の耳に入れるのだ。

「東城典膳正が町屋の者に襲われていたというのか」

戸田因幡守が東町奉行所与力の報告に身を乗り出した。

「直接確認いたしたわけではございませぬが、御用聞きの一人が見ていたそうでございまする」

与力が付け加えた。

「池田筑後守はどうするつもりだと」

当たり前だが、それらの報告はまず町奉行へもたらされる。戸田因幡守が与力に問うた。

「なにもいたさぬとのことでございまする」

「なぜだ。幕府役人が町屋の者に襲われたのだぞ。これは大事であろう」

与力の答に、戸田因幡守が怪訝な顔をした。

「禁裏付から、なんの報せもないからだとの仰せでございました」

「……ふむ。なるほどの」

少しだけ考えた戸田因幡守が納得した。

「庶民に襲われたなどと、武家の恥になる」

戸田因幡守が続けた。

「禁裏付は無事だったのだな」

「肩を棒のようなもので打たれたようにも見えたと御用聞きは申しておりましたが、ご本人からはなにもなく、医者が禁裏付役屋敷へ呼ばれた様子もございません」

訊かれた与力が告げた。

「……ほう」

戸田因幡守の目が大きくなった。

「襲った者の正体は知れておるのか」

「どうやら錦市場の者たちのようでございまする」

「錦市場……わけがわからぬぞ。禁裏付と錦市場ではかかわりがあるまい」

確定ではないがという与力の推測に、戸田因幡守が戸惑った。

「仰せの通りでございまする」

与力も困惑していた。

「理由を探ってはおらぬのだな」

「はい。池田筑後守さまより禁じられておりますれば」

東町奉行池田筑後守が制しているとなれば、町方は動けない。

「調べられるかの」

「わたくしどもでは難しゅうございますが……」

質問された与力が濁すように言った。

「できる者はおると」

その意図をしっかり戸田因幡守は読み取った。

「いささか費えは要りまする」

「無限にとはいかぬが、多少ならば構わぬ」

金がかかると述べた与力に、戸田因幡守が首肯した。用人の佐々木を切り捨てたぶんの金が浮いていた。

「わたくしが手配をいたすので」

「まさか所司代が直接、そのような怪しげな者と会うわけにはいくまい」

町奉行から止められていることをするに近い。少し逃げ腰になった与力に戸田因幡守が押しつけた。

「……わかりましてございまする」

与力が一瞬のためらいの後、引き受けた。

出入りの与力には京都所司代から合力金が出ている。断れば、出入りを失うことになった。

「こういう輩は金を先に渡さねば動きませぬ。とりあえず十両、お預けくださいませ」

「しばし待て。誰ぞ、勘定方をこれへ」

与力の要求に、戸田因幡守が手を叩いた。

厠《かわや》でさえ一人にならない大名は金を持たない。不意の事態に備えての用心金を懐にするのが心得とされる旗本と違って、金と縁遠いのが大名であった。

「お呼びでございまするか」

すぐに勘定方の藩士が顔を出した。

「この者に十両、用立てておけ」

「はっ」

勘定方が首肯した。

藩主の命には従わなければならない。何に遣う、いつ返す、使用明細を出せなどの注文は付けられなかった。

「お帰りにお声をおかけくださいませ」

京都所司代の勘定方は陪臣であり、町奉行所与力は直臣《じきしん》になる。勘定方がていねいに腰を折った。

「下がっていい」

用はすんだと戸田因幡守が勘定方を去らせた。

「他になにかあるか」

鷹矢のことだけにかまけているわけにもいかない。戸田因幡守が質問した。

「いえ。取りわけてはなにも」

確認された与力が否定した。

「ご苦労であった。下がってよい」

戸田因幡守が、出入りの与力に手を振った。

「町屋ともめ事を起こした禁裏付など初めてだ。詳細がわかり次第、江戸へ報告してやろう。典膳正を禁裏付に推薦した松平越中守の面目は丸潰れぞ」

楽しみだと戸田因幡守が笑った。

錦市場のこともあり、鷹矢は霜月織部たちに依頼した江戸への書付の話を失念していた。

「典膳正さま、ご来客でございまする」

禁裏からいつものように下がり、着替えを終えた鷹矢のもとへ弓江が報せに来た。

「何方《どなた》じゃ」

鷹矢は首をかしげた。

「江戸での知り合いだと」

「……江戸での知り合いで京にいる……ああ」

弓江の言葉に、ようやく鷹矢は思い出した。

「客間へお通ししても」

「頼みます」

許可を求めた弓江に、鷹矢はうなずいた。

「袴をお召しやす」

衣冠束帯《いかんそくたい》を整理していた温子が、鷹矢を促した。

「ああ」

鷹矢は立ちあがった。

武家は家族、家臣しかいないところでなければ、袴を着けているのが作法であった。たとえ玄関先で応対するていどの相手でも、袴を身につけていなければ無礼とされた。

「おみ足を」

温子が小倉袴を拡げた。

いつのまにか、温子と弓江の役目が分担されていた。温子はいままで通り、台所と鷹矢の身の廻りの世話をし、弓江は来客の応対など対外のことを担当するようになった。

「険しい顔をした家士よりも、わたくしが応対したほうが、人は来やすいと思います る。市場の者どもも参りますゆえ、わたくしにお任せをいただきたく」

弓江が申し出て、鷹矢は了承した。

腰に刀を差した家臣が、横柄に来客の相手をする。武士慣れしていない京の人々にとって、これは威圧でしかない。

「なるほど」

思いあたることがあった鷹矢は、弓江の言いぶんを認めて、来客の応対などを任せることにした。

「よろしゅうおす」

軽く袴の腰板を叩いて、温子が身形を整えたと合図した。

「かたじけない」

軽く礼を述べて、鷹矢は玄関脇の客座敷へと向かった。

高位の公家を迎えることもある禁裏付役屋敷にはいくつもの客間があり、身分によって使い分けられていた。

「こちらでございまする」

どの客間に通したかわかるように、弓江がその前で待機していた。

「助かる」

鷹矢は手を挙げて弓江に答え、客間へと入った。

「………」

下座で霜月織部が手を突いていた。

「貴殿が来てくれたか」

上座へ腰を下ろして、鷹矢が歓迎した。

「拙者のほうが、津川より足が早いのでな」

霜月織部が顔を上げた。

「助かる」

居室を出るとき、文箱から出してきた書付を鷹矢が差し出した。

「……たしかに」

表と裏、そして封を確かめた霜月織部が、持参してきた油紙に書付を何重にも包んだ。

「ご返事があるかどうかは、わからぬぞ」

多忙な松平定信が返信を認《したた》めるかどうかはわからないと霜月織部が告げた。

「届けてくれるだけで十分だ」

そこまで鷹矢も求めていない。どころか、もらった返書のなかに、さらなる無理難題が書かれているかも知れないのだ。

事情を報さなければ、怠慢《たいまん》として怒られる。下手をすれば、公家たちに取りこまれたと勘ぐられる。そうなってからでは、どのような対応を取ろうとも手遅れでしかなくなる。たかが五百石の旗本なのだ。老中首座に睨まれて生き残れるはずはなかった。

「たしかに、預かった」

油紙に包まれた書付を、霜月織部が腹に巻き付けた。

「ごめんくださいませ」

そこへ襖の外から弓江の声がかかった。

「構わぬぞ」

「…………」

鷹矢の許しを受けて、弓江と葉が茶を運んできた。

弓江が鷹矢の前に、葉が霜月織部の前に茶碗を置いて、葉、そのまま下がっていった。

「あの女は……」

霜月織部が問うた。

「若年寄安藤対馬守さまの家中、布施どのの娘御だ。許嫁だそうな」

「……紐《ひも》だな」

すぐに霜月織部が理解した。

「もう一人公家の娘がいたろう。そやつはどうした」

「奥に」

訊かれた鷹矢が答えた。

「女手が十分ならば、公家の娘を帰してはどうだ」

霜月織部が鷹矢の顔を見た。

「今はまだ無理だ。南條どのがおらぬと、内証が回らぬ」

鷹矢が首を左右に振った。

「金と食いものを握られたのか、情けない」

「言うな。京がどれだけ難しいところか、おぬしとてわかっていようが」

巡検使以来のつきあいで、旅の空をともに過ごした相手である。互いに遠慮はない。

「まあよかろう。客の応対を安藤対馬守さま差し回しの女にさせているのはよいな」

「どういう意味だ」

うなずいている霜月織部に、鷹矢は怪訝な顔をした。

「武家は女を表に出さぬ。もっとも家士を雇えぬほど貧しい御家人は、妻が代わりを務める。わかるだろう。屋敷を訪ねて、応対に出るのはその家《や》の妻だということだ」

「なっ」

言われた鷹矢は驚いた。

「言い出したのは、あの女だろう」

「ああ」

「はめられたな」

認めた鷹矢に、霜月織部が笑った。

「おぬしは人を善《よ》き者だと思いすぎじゃ。人の裏は、そのあたりのどぶよりも汚いぞ」

「……気を付けよう」

霜月織部の忠告に、鷹矢はうなずいた。

「では、ちょっと行って来る」

近くの寺社へ参拝してくるといった風な軽さで、霜月織部が江戸へ発《た》つと述べた。

「津川どのとの連絡はどのように」

居所を移すと聞いている鷹矢は、万一のときにどうすればよいかを尋ねた。

「津川から報せが参る。それまで待て」

連絡の手段を残さず、霜月織部が去った。


禁裏のあちこちに出没しても、誰一人気にしないのが仕丁であった。仕丁の仕事は掃除から配膳、使者役など多岐にわたり、いつなんどき、どこにいても不思議ではないからであった。

「主上《しゅじょう》」

清涼殿の掃除をする仕丁に、土岐が紛れこんでいた。

「土岐か」

一人、奥の間で静謐《せいひつ》のなかにいた光格天皇が気づいた。

「なにかあったのか」

光格天皇が問うた。

「禁裏の口向をほしいがままにしておる輩が動いたようで」

土岐が壁越しに語った。

「禁裏付を襲わせたか。愚かなり」

小さく光格天皇がため息を吐いた。

「あの禁裏付が、今までの連中とは事情が違うということに気がついておらぬなど……」

「幕府の役人なんぞ、皆、一日でも早く江戸へ帰りたがる輩ばっかりでしたゆえ、いたしかたないかと」

情けないという光格天皇を、土岐が慰めた。

「老中首座の松平越中守が使わした者であったな、あの禁裏付は」

「さようでございまする。もっとも、完全な走狗とはいえず、中途半端な者でございまするが」

土岐は鷹矢の状況をしっかりと見極めていた。

「出世のために走狗たるを飲みこめるほど割り切れておらず、理不尽だと越中守に刃向かうだけの度胸もない」

「なんじゃ、当たり前の者ではないか。今は、公家も武家もそのような連中ばかりだぞ」

厳しい土岐の評価に、光格天皇が笑った。

「しかし、禁裏の口向に手を入れようとしておるのはおもしろいの。安永の二の舞になるか、それとも実行できるか」

「はい。できればさせてみたいと存じまする」

興味を持った光格天皇に土岐が述べた。

「ふむ。一度謁見《えっけん》を許すか」

光格天皇が呟《つぶや》くように言った。

「な、なにを仰せになられまするか。禁裏付など、今上さまのお目に入れるべき者ではございませぬ」

土岐が慌てた。

「よい、よい。朕《ちん》とて、少し前は宮家の子でしかなかったのだ。先帝が日嗣《ひつぎ》の御子を儲けられずに崩御《ほうぎょ》され、番が回って来ただけ。それも中宮を娶《めと》るに年頃がよいという理由だけで高御座《たかみくら》に登れた。畏まるほどのものではないわ」

「今上さま」

苦笑している光格天皇に、土岐が泣きそうな顔をした。

「安心いたせ。その内じゃ」

すぐに行動するわけではないと光格天皇が否定した。

「御自重をくださいませ」

土岐が強く願った。

朝議といってもすることはほとんどなかった。

官の任命、罷免、昇格などの人事をしたところで、実権は幕府が握っている。今さら越前守を任じたところで、福井は徳川の一門、越前松平家の領地のうちであり、朝廷の口出しなどできるはずもない。

かといって連綿と続いてきた朝議を途絶えさせるわけにはいかない。それは公家が武家に全面降伏したことを意味し、二度と政を取り返せなくなる。

形だけの政をさも重大事のように話す。それが朝議であった。

「……でよろしいな」

五摂家筆頭の格で近衛《このえ》右大臣《うだいじん》経熙《つねひろ》が朝議の終わりを宣しようとした。

「お待ちあれや」

大仰に笏《しゃく》を上下させて、二条大納言治孝が発言した。

「二条のん、なんぞあんのかいな」

近衛経熙が面倒はご免だという風な顔をした。

「一つだけ、報せといたほうがええやろうと思うての。よいかな、内大臣どのよ」

二条治孝が、同族の一条内大臣輝良《いちじょうないだいじんてるよし》に問うた。

「大納言どのが、要りようやというなら、伺うにやぶさかではないの」

一条輝良がもってまわった言いかたで同意した。

「……早うしいな」

無視された形になった近衛経熙が不服そうな表情を浮かべた。

「ほな、ご参集の方々よ。つい最近、麿のところへ聞こえてきたことやがの。今度の禁裏付が、朝廷の口向、内証をあらためるらしいわ」

「なんやと」

「そら、ほんまかいな」

「えらいことやがな」

朝議に参加していた公家たちが、一同に驚きを口にした。

「そのようなことできようはずもないわ」

一人近衛経熙が平然としていた。

「禁裏付にそれだけの力はない」

「朝廷の口向を禁裏付は検見《けみ》できる。それをもっともよく知っているのは、右大臣、あんたやろうが」

首を左右に振った近衛経熙を二条治孝が糾弾した。

「安永二年（一七七三）の勝手向きの一件、あれを差配したのは右大臣の父、もとの関白内前公《うちさきこう》やろう」

「なにを言うか。あの事件で幕府から朝廷を守ったのが、父じゃ。父のせいでことが起こったような言いかたは認められん」

近衛経熙が反論した。

安永二年、近衛内前が関白に就任した年から翌年にかけて、禁裏の口向で大きな不正が表沙汰になった。

高位の公家はさすがに加わっていなかったが、五位以下の公家、地下官人《じげかんにん》の多くが京都所司代に捕縛された。

「父は幕府が捕まえた者を勝手に罷免しようとしたのを、公家の官位は朝廷から与えるものであり、奪うことができるのも朝廷だけだと京都所司代に談判し、人事は朝廷の専権事項だと認めさせたのだぞ。功であろうが」

「表だけ見てたら、そうやな。しかし、見方を変えたら、全然別や」

冷酷な口調で二条治孝が続けた。

「官職の任免罷免は朝廷にあるとわざわざ確認したのがあかん。せんでも勝手にやって、向こうが文句を付けてきたら言い返したらええ。それをこちらから京都所司代に出向いて、話をした。おかげで捕まった連中の罷免、放逐は朝廷がおこない、面目は保ったが、同時に一つ大きな忘れものをしてる」

「なにを忘れたというか」

遠回しな言いかたをする二条治孝を近衛経熙が怒った。

「公家、地下官人の捕縛は検非違使の任だと言わなかったことよ。あのとき、それも認めさせれば、禁裏付を完全に飾りとできたのだ。それをもとの関白さまはなさらずに、些末《さまつ》にだけこだわった」

二条治孝が突きつけた。

「あのとき、父以上のことが誰にできた」

「できなかったろう」

近衛経熙の反論を二条治孝は認めた。

「だが、結果は結果じゃ。禁裏付に力を残した」

「むうう」

正論に近衛経熙が詰まった。

「まあ、大納言。あんまり右大臣をいじめな」

一条輝良が割って入った。

「右大臣もや。ちいと落ち着き」

「うむ」

「……………」

諫められて二条治孝は引き、近衛経熙は黙った。

「問題は過去の失敗やない。今ある危難にどう立ち向かうかや。そうやろ、大納言」

「そうじゃ」

一条輝良の言葉に二条治孝は同意した。

「右大臣も、幕府相手に、今の老中首座松平越中守の怖ろしさはわかってるやろう。油断したらあかん」

「ああ」

嫌々ながら近衛経熙がうなずいた。

「ほな、やることは一つや。どうやって禁裏付の矛先を防ぐかや。大納言、どないかして禁裏付の手出しを止められへんか」

「あかんな。かなりのとこまで禁裏付は気づいとる」

訊かれた二条治孝が首を横に振った。

「なんとか禁裏付を抑えられないのか。官位でもあげてやるか、どこぞの姫でもくれてやるかすれば、武家なんぞどうにでもなるやろう」

近衛経熙が二条治孝に迫った。

「それがあかんわ。官位なんぞ気にもしよらん。女も与えてるんやが、まったく手も出さん」

「ええ女やないからと違いますやろうか。ほんまもんの京女《きょうおんな》を知ったら、東男《あずまおとこ》なんぞ腰砕けますで」

参集している公家の一人が口を開いた。

「この間まで弾正におって、先日蔵人になった南條の娘ぞ」

声のしたほうを睨みつけるように二条治孝が告げた。

「南條の娘……今小町とうたわれた姉妹の一人」

「狙うていたのに……」

「武家の贄《にえ》にするには、もったいないがな」

あちこちから驚きの声があがった。

「それであかんとなったら、美童好きか」

「美童の用意なんぞ、今さら間にあえへんで」

性癖を利用しようとしても暇《いとま》がなかった。

「どうする、大納言」

騒ぎが少し収まるのを待って、一条輝良が案を求めた。

「まずは、蔵人たちに注意を喚起せんならん。数日でもええさかい、おとなしくせいと」

馬鹿みたいな上乗せをするなと命じるべきだと二条治孝が述べた。

「そうやな」

一条輝良も認めた。

「それでも禁裏付は止まるまい」

近衛経煕が難しい顔をした。

「わかってることや。禁裏付になったばっかりの役人の皆が、同じことをするさかいな」

二条治孝が嘆息した。

「安永の一件があってもこっちは変わらんかった。幕府にだけ変化を求めるのは贅沢やろう」

「だが、これ以上、幕府に禁裏へ手を入れる口実を与えるわけにはいかん」

近衛経煕が二条治孝に詰め寄った。

「武家伝奏《ぶけてんそう》」

「これに」

二条治孝に呼ばれた広橋《ひろはし》中納言《ちゅうなごん》が手を挙げた。

「いつものように、あんじょう言い聞かせとき」

「わかりましてございまする。で、どこまで譲れますやろ」

うなずいた広橋中納言が、二条治孝を見た。

「蔵人の首はあかん。禁裏の人事に幕府の介入をさせるのは絶対避けなあかん」

強く二条治孝が否定した。

「その代わり、出入りの商人を差し出し。もう、十分儲けたやろう。少し大人しゅうさせんとな。これくらいはええやろ」

二条治孝が近衛経煕に目をやった。

「それくらいならば、飲みこもう」

近衛経煕が同意した。

第四章　暗中模索

一

霜月織部は、わずか六日で京から江戸へ駆け抜けた。

「箱根の関所を突破してよければ、あと半日は縮められたものを」

旅塵《りょじん》にまみれながら、霜月織部が不満を口にした。

箱根の関所は、朝六つ（午前六時ごろ）から暮れ六つ（午後六時ごろ）までしか開門しない。これ以外の刻限は御用飛脚と産婆だけしか通行できなかった。

禁裏付の鷹矢から老中筆頭松平定信への通信とはいえ、御用飛脚ではない。当然、時間外の通過は認められない。

松平定信の名前を出せば、無理矢理押し通ることはできるだろうが、それをすれば京から重要な報せがあったと広く教えることになる。

そして今、京で松平定信が懸案としているのは二つだと天下は知っている。一つは田沼意次の引きで京都所司代になった戸田因幡守の処断と、もう一つが一橋治済の大御所称号勅許問題である。

関所を無理に押し通ってまでの案件となれば、この二つ以外に考えられない。しかも箱根の関所は幕府直轄ではなく、老中を輩出する小田原城主大久保《おおくぼ》家なのだ。今、幕閣に席のない大久保の当主が、関所からもたらされた報を利用しようとするのは目に見えていた。

老中を輩出してきた大久保家も、八代将軍吉宗の御世を最後に執政から離れている。しかもこのときの老中大久保佐渡守忠春《さどのかみただはる》は分家烏山《からすやま》一万石の出のうえ、わずか一年で死去してしまっている。

老中を出すというのは一代の栄誉だけでなく、一族までその光は照らす。その光が一族に届く前に、大久保佐渡守の春は終わった。このままでは、徳川譜代で四天王に次ぐ名門大久保家は没落していきかねない。

大久保家が田沼時代からかなり露骨な猟官《りょうかん》運動をしているのを松平定信の隠密でもある霜月織部は知っていた。

「あれは……うろんな」

八丁堀の白河松平家に着いた霜月織部は、旅塵にまみれた浪人が辻の角から辺りを窺っているのを目にした。

「……まずは、越中守さまにお目にかからねば」

霜月織部は門番足軽に名を告げた。

「殿がお会いになる」

門番足軽の報告を受けて出てきた用人によって霜月織部は、老中への面会を求めて並んでいる大名、旗本、商人を飛ばして案内された。

「何者だ」

「身分軽き者に見えるが……」

不満を口にする連中を横目に、霜月織部は松平定信の居室へと通された。

「早い戻りだの」

居室で待っていた松平定信が驚いた。

京は戸田因幡守の支配下にある。東町奉行池田筑後守と鷹矢を送りこんであるとはいえ、どうしても情報は途絶え、遅れてしまう。

松平定信は京での出来事をまったく知っていなかった。

「東城からご老中さまへの書状を預かって参りました」

霜月織部が懐から出した油紙の固まりを解いた。

「……うむ」

厳重に保護されてきた書状を受け取った松平定信が、早速なかを開いた。

「これは……話にならぬ。老中をしていた割には、周防守は愚かに過ぎたな」

鷹矢が書いた襲撃一件に、松平定信があきれた。

「東城がよく無事で切り抜けたと」

霜月織部も幸運であったと同意した。

「大坂の道場主を家臣として抱えたと申しておりました。それがなくば、御所の門前で禁裏付が死体を晒《さら》すという事態になっておりましたでしょう」

「考えただけでも怖ろしいわ」

禁裏付が、御所の門前を血で汚す。それは決して許されない失態であった。

武家と違い、公家は血を嫌う。

かつて飛鳥板蓋宮《あすかいたぶきのみや》で横暴を極めた蘇我《そが》氏を誅殺《ちゅうさつ》したのが、後の天智《てんじ》天皇と五摂家すべての先祖藤原鎌足《ふじわらのかまたり》だというのも忘れ去った公家は、血を好むというだけで武家を蔑む。

その武家の代表ともいうべき禁裏付が、御所の門前で斬り殺された。

鷹矢は被害者であり同情されるべき立場のはずが、この場合は違ってくる。血の穢《けが》れを持ちこんではならない御所を汚した罪人となるのだ。

当然、これは幕府の失点になり、大御所称号、太上天皇号の問題で軋轢を生じている朝幕の間に大きな影響を与える。

「大御所称号は流れ、太上天皇の誕生を認めざるを得ない状況に追いこまれただろう。他人の失点を突くことにかんして、武家は公家にとても及ばぬ」

松平定信が、安堵の息を吐いた。

「しかし、証拠がない」

「はい。殺された者たちは身分をあきらかにするものを何一つ持っておりませんでしたそうで、かかわりを言い立てて松平周防守さまを咎めるのは難しゅうございまする」

苦い顔で言う松平定信に、霜月織部が同意した。

「京都所司代戸田因幡守の用人佐々木という者も怪しいと書かれておるが、それについてはどうなのだ」

佐々木が東町奉行所に捕らえられたことを鷹矢は報されていない。よって書状にも佐々木のことは記載されていなかった。

「調べておきまする」

なにぶん、徒目付としての赴任ではなく、京古流武術を学ぶためとの形をとっている霜月織部たちは池田筑後守に近づくわけにはいかなかった。あいさつするとなれば京都所司代になる。松平定信の配下が、敵対している戸田因幡守のもとへ来たぞと報せに行くなどありえず、霜月織部は佐々木の顚末を知ってはいなかった。

「そうしてくれ」

松平定信が文箱を開いた。

「典膳正に書状を書く。届けてくれるように」

「お任せをくださいませ」

霜月織部が引き受けた。

「そういえば、若年寄安藤対馬が、典膳正に女を付けたそうだ。見たかの」

筆を走らせながら、松平定信が尋ねた。

「はい。禁裏付役屋敷に入りこんでおりました」

「美形だと安藤対馬が自慢しておったぞ」

「まさに。衆に優れた眉目《びもく》と存じまする」

問われた霜月織部がうなずいた。

「典膳正は手を出したかの」

「……見たわけでも、東城から直接聞いたわけではございませぬが、男女のかもしだす雰囲気ではございませんでした」

霜月織部が小さく首を横に振った。

「禁裏から差し出された女はどうだ。そちらも見たのだろう」

「はい。こちらも安藤対馬守さまの手配した女とはいささか趣は違いまするが、負けず劣らずの美貌でございまする。さらに未だに二条家と繋がっておるようで、ほぼ毎日のように買いものをする振りで今出川の屋敷へ出入りしておりまする」

しっかり霜月織部たちは温子の行動を見張っていた。

「そちらはどうだ」

「やはり閨ごとの有無まではわかりませぬが、かなりの信頼を得ているようでございまする。禁裏屋敷の内証と台所を任されていると見て差し支えないかと」

霜月織部が述べた。

「一歩出遅れたな。まったく、こうなるのを危惧したゆえ、安藤対馬に東城の妻にふさわしい女をさっさと用意いたせと命じたというに」

松平定信が安藤対馬守を罵った。

「禁裏の女を排除いたせ」

「ご命とあらば、女一人跡形もなく消して見せまするが、またぞろ別の女を送りこまれるだけでございまする。その女がどこに繋がっているかで……」

「誰が首に縄を付けているか、それがわかっているほうが楽……なるほど、後ろが判明しているほうが便利ではあるな」

霜月織部の懸念に松平定信が納得した。

温子は二条家の紐付きだとわかっている。だが、次に送りこまれた女はどういう経緯で入りこむかわからないのだ。それを探るだけでも手間であった。

「東城の警固をしながら、裏を探り、さらに対抗策を打つには……」

「人手が足りぬ」

申しわけなさそうな霜月織部に、松平定信もため息を吐いた。

「江戸もまだ完全に吾が手に落ちたわけではない。いや、田沼主殿頭がいなくなっただけ、反発が増えている」

松平定信が苦く頰をゆがめた。

田沼主殿頭意次は、出が紀州家藩士である。田沼意次の父が八代将軍吉宗の江戸入りの供をし、紀州藩士から旗本へと籍を変えた。

そして田沼意次は分家筋の家臣から大老格まで登りつめた。十代将軍家治の寵愛《ちょうあい》を一身に受けたお陰ではある。しかし、それが譜代大名たちの反感を買い、失脚の一助となった。

そして田沼意次が家治の死を受けて失脚した今、権力に近づけていない譜代大名たちの不満は老中首座松平定信に向けられていた。

「大御所称号の問題で、上様のご機嫌も悪い。一橋民部も余に不満を見せている。田沼派を一掃して空いた席に座れると思いこんでいたのに無役のままおかれた連中の恨みも向けられている。これらを抑え、幕政を改革するにはどうしても信頼できる者たちの助力が要る」

役人として活躍するには、あるていどの慣れ、職務への精通が必須であった。田沼意次のお陰で出世した者を排除したことで、役所の手不足が表に出てきている。とても使いものになる者を京へ出すだけの余裕はなかった。

「もどかしいものだ。己の手の届かないところでことが起こるというのは」

松平定信が何ともいえない顔をした。

「越中守さま……」

霜月織部が松平定信を気遣った。

「典膳正に預けるしかない。戸田因幡守は敵、池田筑後守は余の味方だが、所司代の相手をするのに精一杯で、とても禁裏を見張るだけの余力はない」

「…………」

じっと霜月織部が聞いた。

「老中首座といったところで、たいしたことはできぬ。田沼主殿頭に比べても力が足らぬ」

「そのようなことは……」

「いいや。毎日身に染みている」

否定しようとした霜月織部を松平定信が止めた。

「余と田沼主殿頭との差はなにか……簡単なことだ。主殿頭には将軍の後押しがあった。余にはそれがない」

「なにを仰せられまするか。老中首座は大政委任と同じく、上様の信頼厚き者でなければなれませぬ」

霜月織部が大声で反論した。

「老中首座なんぞ、家柄か年齢で与えられる、持ち回りのようなものだ。上様の御親任にはかかわりない」

　はっきりと松平定信が首を横に振った。

「その証拠に、十代将軍家治公は田沼主殿頭の上申に、よいようにいたせとしか言われなかった」

　あまりに田沼主殿頭を信頼しすべてを任せた家治は、その言葉をかならず認めたことから、そうせい公とあだ名されていた。

「だが、今の上様は、余の申しあげたことを是々非々《ぜぜひひ》でお受けになる」

　是々非々とは、いいものは認めるが、そうでないものは拒むという姿勢で、全権を委任するほど信用していないとの証でもあった。

「ならぬとなれば、どれだけ余が説明しようとも、お認めになられぬ」

　松平定信が肩の力を落とした。

「余が改革のために要ると考えた策でも、上様はなかなか首を縦に振って下さらぬ。おかげで天下の政は余の考えている状況より遅れている」

「…………」

「このままでは主殿頭が崩した幕府の財政を建て直すこともできぬ。重い病の者には強い薬が要るというに、投薬さえできぬ状況じゃ」

無念そうに松平定信が述べた。

「ご心中、お察し申しあげまする」

霜月織部が松平定信を慰めた。

「織部よ」

松平定信が声を低くした。

「今ほど恨みを感じたことはない。白河なんぞに養子にやられたお陰で、余は将軍になれなかった。御三卿の田安家を継げなくなった」

「越中守さま……」

霜月織部が松平定信の顔を見上げた。

「田安家に残れていたら、今ごろ余は御休息の間にいたはず」

御休息の間とは、将軍居室のことだ。暗に松平定信は、十一代将軍となるべきは己であったと表していた。

「将軍であれば、八代将軍吉宗さまのように親政をおこなえる。将軍親政は老中の反対でさえ無視できる。まさに思うがままである」

「………」

「それがかなわぬとなったうえからは、老中首座となり幕政を指揮しようと思い、主殿頭に媚びを売り、雌伏の後その足を掬《すく》ってようやくここまで来た。だが、老中首座には重石が付いていた」

「上様でございますか」

「ああ。上様が一言、それはならぬと首を横に振られたら、余が一カ月をかけて練り上げた施策といえども日の目を見ることなく潰《つい》える。まともに勉学をしたことさえない上様の気分でだ」

悔しそうに松平定信が顔をゆがめた。

「わかるか。老中首座が幕府のためにと練った改革の案を通すには、まず上様の側近と名乗る馬鹿どもに話を通し、味方してくれるように説得しなければならぬのだ。老中首座が、お側御用取次、側用人、小姓組頭などの機嫌をとるなど……」

松平定信が怒りを露わにした。

「金も遣うことになる。そやつらに贈りものをせねばならぬでな。主殿頭の金の遣いようを糾弾した余が、同じようなことをしているなど、笑い話にもならん」

「……………」

「将軍はよいな。一言こうせよというだけで、政が動く」

うらやましそうに松平定信が述べた。

「ご命とあらば」

霜月織部が目を光らせた。

「無駄じゃ。一度でも臣下に降りた者は、決して将軍にはなれぬ。家康《いえやす》公のご次男、結城《ゆうき》秀康《ひでやす》卿《きょう》の故事は絶対じゃ」

結城秀康は神君徳川家康の次男として生まれた。家康の嫡男信康《のぶやす》が武田《たけだ》勝頼《かつより》に内通したとの疑いで自害させられたあと、世継ぎの待遇を受けず、豊臣秀吉へ降伏したときの人質として出された。さらに豊臣家から関東の名門結城家へとやられ、家康が天下を取ったときは、徳川でも松平でもない、結城秀康と名乗っていた。これが秀康の将軍継嗣をあえなくさせた。

「他家を継ぎし者は、徳川の世継ぎたらず」

家康はこう言って、次男の秀康ではなく、三男の秀忠を世継ぎにした。徳川を天下人にし、幕府を創立した家康の言葉である。これを否定できる者はいない。以来、徳川の血を引いている者とはいえ、他姓を名乗っているかぎり、将軍継嗣たる資格はなかった。

「もっとも養子という手はある。御三家、御三卿の養子に余がなればな」

抜け道はあると松平定信が告げた。

「だが、それでもたとえ上様が急にご不例になられても、余に出番は回ってこぬ。養子は実子より格が落ちる。それこそ、御三卿、御三家、親藩の一門全部が死に絶えでもせぬかぎり、余が将軍になることはない」

淡々と松平定信が語った。

「おいたわしい」

霜月織部が顔を覆った。

「現状を憂えても何一つ変わるわけではない。やれる範囲で最大の努力をし、結果を得るしかない」

「なんなりとお申し付けくださいませ」

決意を新たにした松平定信に、霜月織部が申し出た。

「頼んだぞ」

松平定信が霜月織部を見つめた。

「……別口で、気になることがございまする」

「気になることだと。なんじゃ」

鷹矢の話を終えたところで切り出した霜月織部に、松平定信が発言を許した。

「さきほど、お屋敷へ入ります前……」

汚い侍を見たことを霜月織部が述べた。

「薄汚れた浪人風の者が、当家のほうを見ていたと」

「はい。ご老中さまのお屋敷は、八丁堀にございまする。八丁堀は町方の組屋敷があるところ、浪人は近づこうとさえいたしませぬ」

江戸町奉行に配属されている与力、同心の組屋敷はそのほとんどが八丁堀に集中していた。その組屋敷によって守られている形の白河藩松平家上屋敷は、おかげで一度も盗賊や不審な者の侵入を許したことがなかった。

「みょうだな」

松平定信が怪訝な顔をした。

「いかがいたしましょう」

「そうよな。余との面談を望んでおる者たちを狙っていることも考えられる。当家の客が襲われるのもよろしくはない」

屋敷に盗人が入るのも恥だが、来客が屋敷近くで襲われるのも武門として恥ずべきこととされている。また襲われた客の恨みを受けるときもあった。

老中首座として改革を進めようとしている松平定信としては、無意味な恨みやもめ事は避けたかった。

「捕らえましょうや」

「すまぬな」

与えた任以外の活躍を求めたことになる。松平定信が頭を下げた。

「とんでもないことを」

霜月織部が慌てた。

「余とおぬしたちは、ともに幕臣じゃ。大名、御家人という差はあるが、おなじく徳川を支える者ぞ。役目でないまねを強いるのだ。礼くらい言わせてくれ」

松平定信がじっと霜月織部の目を見た。

「もったいないお言葉でございまする」

霜月織部と相役の津川一旗は松平定信がまだ田安賢丸《まさまる》と名乗っていたころの付き人であった。松平定信が白河へ出されたのを機に、二人も田安家付から離れ、徒目付へと転じていた。そのころから松平定信の才に敬服していた二人は、役割が変わってもずっと忠誠を捧げていた。

「では、行って参りましょう」

すっと霜月織部が立ちあがった。

二

あれから十日が経ち、第一回目の物価調査票が禁裏付役屋敷へ持ちこまれた。

「棚屋、ご苦労である」

それこそ米から古着に至るまで、数枚をこえる書付を鷹矢は受け取り、目を落とした。

「東城さま、それをお使いになられるおつもりでございましょうや」

読んでいる鷹矢に棚屋が問うた。

「もちろんだ。お役目からして不正は見逃せぬ」

問われた鷹矢は断行すると宣した。

「老婆心で申しあげまするが、あまり大事になさらぬほうがよろしいかと」

「どういう意味ぞ」

棚屋の発言に鷹矢は声を尖《とが》らせた。

「強く申しあげまするが、わたくしは決して禁裏出入りで暴利をむさぼっている商家の仲間ではございませぬ。また、それらから金をもらって朝廷に損を出している蔵人の方々とも親しくありませぬ」

　立ち位置を棚屋がはっきりとさせた。

「…………」

　無言で鷹矢は、その先をうながした。

「ただ、この習慣はすでに百年以上前から続いているということをご念頭においていただきたく」

「根深いと言うのだな」

「はい」

　確認した鷹矢に棚屋がうなずいた。

「失礼ながら、このお屋敷におられる南條さまの姫《ひい》さまも……」

「南條どのがどうかしたのか」

　言われた鷹矢が首をかしげた。

「南條さまのご実家はご存じで」

「知っている。たしか代々弾正台《だんじょうだい》に属している家柄で、ご当主どのは弾正大忠を拝しておられるはず」

「それは先月までのお話で。現在は弾正大忠から蔵人へ移っておられまする」

聞かされた鷹矢が絶句した。今から鷹矢が糾弾しようとしているのは暴利をむさぼる出入り商人とそれを知りながら金で口を閉ざしている蔵人なのだ。

「弾正大忠から蔵人への異動は、きわめて異例のことでございまする」

棚屋が付け加えた。

弾正は幕府でいうところの目付に近い。そして蔵人は勘定衆と台所役人を合わせたような役目である。これほどかけ離れた役目もそうはない。目付から遠国《おんごく》奉行を経て、勘定奉行という出世はままあるが、徒目付いや、さらにその下役の小人目付に相当する弾正大忠が勘定方へ移った例はまずなかった。

「まさか……」

「はい」

鷹矢の疑念を棚屋が認めた。

「むうう」

温子が朝廷と繋がっているとはわかっていた。それも二条治孝のもとから遣わされてきたことまでは調べが付いていた。

ただ実家が蔵人になっているとは思ってもいなかった。

「なにっ、蔵人だと」

「内情が筒抜けになるのはわかっていたが、実家のことまでは気にしていなかった」

「さすがでございますな」

温子の正体を知っていたと告げた鷹矢に棚屋が感心した。

「今までの禁裏付さまは、捨て姫さまを拾われはなさいますが、そこから先を気になさいませんでした」

京での妾として、貧乏公家の娘を抱えるのが、禁裏付、京都町奉行などの慣例であった。鷹矢の前任西旗大炊介もそうであった。

「捨て姫さまは、すべて朝廷の紐付き。閨で話したことは翌朝、公家衆の耳に入っている」

「なんと……」

断言する棚屋に、鷹矢は呻くしかできなかった。

「当たり前でございますよ。今の朝廷は幕府から出される禄で生きておりまする。いわば、幕府は金主。金主の考え一つで、明日禄が減る、あるいは奪われるかも知れない。その不安を払拭するには、少しでも早く幕府の意向を知り、対応を練る。それには女がもっとも役立ちまする。男にとって金で買った女は、吾がものでございまする。そして抱いた女には情が移る。安心して隣で眠れる女には、思わず口が軽くなるのも無理はございません」

棚屋が説明した。

「…………」

鷹矢は黙った。

「南條の姫さまをお責めになられませぬよう。これは公家が生き残っていくための手立て。その道具に選ばれただけでございますれば」

己で暴いておきながら、棚屋が穏便にと願った。

「きさま、ふざけたことを」

さすがに鷹矢は怒った。

「おや、お怒りになられましたな。ということは、かなり南條の姫さまをお気に入りのようでございますな」

威圧する鷹矢をものともせず、棚屋が微笑んだ。

「帰れ。二度と顔を出すな」

錦市場の失態を町奉行所へ報せないと約束してある。今さら襲撃を盾に脅すわけにもいかず、錦市場からもたらされる情報は要る。鷹矢は棚屋を排除しようとした。

「畏れ入りましてございまする」

命じられた棚屋が、平伏した。

「お試し申しあげたことを深くお詫びいたしまする」

口調を変えた棚屋が額を畳にすりつけた。

「試した……」

鷹矢は怪訝な顔をした。

「先日、許すと仰せになりましたが、それを確かめるために失礼な言動をいたしました」

「吾があの一件で錦市場をまた脅すと思ったのか」

理由を口にした棚屋に、鷹矢はより気分を害した。

「お怒りはごもっとも。どうぞ、そのお怒りはわたくし一人でおすませくださいますようお願いをいたしまする」

錦市場にはかかわりないところで矛を収めてくれと棚屋が願った。

「…………」

一度鷹矢は大きく息を吸い、吐いた。

「なんのための試しか」

少し落ち着いた鷹矢が問うた。

「京は武家に痛い目を見せられて参りました。木曽義仲《きそよしなか》しかり、足利尊氏《あしかがたかうじ》しかり、織田信長《おだのぶなが》しかり」

いきなり棚屋が京の歴史を語り始めた。

「都という特徴を持つからか、京はいつも武家の奪い合いの場所でございました」

京には朝廷があり、天皇が座している。

武家の台頭によって朝廷の基盤であった荘園を奪われた公家は力を失い、天皇は飾りとなった。

力ある者が好きにできる世というのは、権力者にとって都合が悪い。己は勝手放題してきたくせに、他人からされるのは嫌だ。

わがままとしか言いようのない行動だが、これは人として当たり前の考えでもあった。

歳老いたとき、病で弱っているとき、そういったときにいきなり襲いかかられては勝負にならない。それは困る。かといって襲われないだけの要件はない。また、逆にそこで襲いかかるには大義名分が要る。

無謀な、相手構わずの戦いは非難の対象にし、周囲から敵対される要因にする。

こうして武士たちは己の得たものを守るための歯止めを設けた。

この歯止め、大義名分が朝廷であった。正確には勅意、あるいは天皇御意が大義名分のもとになる。

なにせ天皇は、形だけとはいえすべての国土の支配者なのだ。

「某の非道を朝廷も憤っている」

「今上さまの御意志じゃ」

大義名分さえあれば、仲良くしている隣家へ押し入っても、非難されない。どころか忠臣だとして称賛される。

そして、なにより朝廷、天皇には征夷大将軍を任命する権利を持っている。征夷大将軍になれば、幕府を開け、天下を思うがままにできる。たとえ百万石の大名でも、幕府の指示には従わなければならない。拒めば謀叛人になる。

結果、征夷大将軍を生む京は武家によって奪い合われた。

力ある大名たちが、京でにらみ合い戦った。応仁の乱から始まった戦乱は、京を何度も壊滅させた。

そのことを京の者は、何代経とうとも忘れていなかった。

「京の者は武家を信用しておりませぬ」

はっきりと棚屋が告げた。

「…………」

黙って鷹矢は聞いた。

「信じては裏切られる。こちらが正当な理由を出せば、刀を振り回す。力で無理を押し通す。これは今でも同じでございまする」

冷静な声で棚屋が続けた。

「十年ほど前、京都東町奉行所が錦市場の商い免状を取りあげようとした。あのとき、裏で糸を引いていたのは五条通り市場でございましたが、わたくしどもにとって、それよりも町奉行所が敵だとわかった衝撃のほうが大きゅうございました」

棚屋が小さく首を横に振った。

「大金ではございませんでしたが、錦市場四町も、相応の金を町奉行所のお方にずっと何十年も払い続けて参ったのでございまする。それをあっさりとなかったことにして、五条通り市場に与した」

「武家を疑って当然だと言いたいわけだな」

長々と言いわけを続ける棚屋を鷹矢は止めた。

「言いたいことはそれだけか」

氷のような目で鷹矢は棚屋を見た。

「…………」

　棚屋が息を呑んだ。

「そなたが言ったのと同じことを、吾も返そう。信用できぬのだろう、武家を。吾も試しをするような者を信用できぬ」

　鷹矢が断じた。

「うっ」

　棚屋がうめいた。

「安心いたせ。吾は約束を守る。先日のことを池田筑後守どのに漏らすようなまねはせぬ」

　鷹矢は手にしていた棚屋から渡された書付を突き返した。

「持って帰れ。恩ある人を試すような輩が持って来たものを信用することはできぬ。これに従って口向に手を入れるなどとんでもないわ。蔵人に実際の値をご存じないようでござるな、禁裏付どのは、と嘲笑されては、二度と吾は身動きできなくなる」

「典膳正さま」

　信用は地に落ちたと宣言する鷹矢に棚屋が顔色を白くした。

「錦市場との縁は切らせてもらう。二度とここへの出入りは許さぬ」

「お、お待ち下さいませ」

絶縁を宣告した鷹矢に、棚屋がすがった。

「今後は五条通り市場とつきあおう」

「それは余りに……」

棚屋が涙を流した。

「誰ぞ、こやつを放り出せ」

すがろうとした棚屋を鷹矢は突き放した。

「お呼びでございますか」

弓江が顔を出した。

「布施どの、誰か家臣をこれへ。この者を屋敷から放り出しますゆえ」

「はい。檜川どの、こちらへ」

隣室で控えている檜川を弓江が呼んだ。

「承りましてござる」

すでに隣室を出て近づいていた檜川は事情を理解していた。

「来いっ」

檜川が棚屋の襟首を摑んだ。

「典膳正さま、お許しを……」

まだすがろうとした棚屋だったが、剣術遣いの膂力《りょりょく》には勝てない。ずるずると引きずられていった。

「難しい。京が武家を恨むこと思いの外、深い」

鷹矢は思わず呟《つぶや》いた。

「なにもお気になさらず、思うがままになさいませ。お役目を果たすことこそ、典膳正さまの本分でございまする」

聞き耳を立てていた弓江が、鷹矢の独り言を拾った。

三

放り出された棚屋は、その足で高倉町の青物問屋枡屋へ駆けこんだ。

「茂右衛門はん、助けておくれやす」

「どないしたんや、ええ歳した男が泣きながら来るなんぞ、恥やで」

二階で絵を描いていた枡屋茂右衛門があきれながら応対した。

「すんまへん、すんまへん、取り返しのつかんことをやってもうたあ」

棚屋が号泣した。

「泣いてたらわからんがな。まあ、白湯《さゆ》でも飲んで落ち着き」

枡屋茂右衛門が、棚屋を宥めた。

「……でなにやねん」

棚屋が白湯を喫するのを待って、枡屋茂右衛門が訊いた。

「じつは……」

息を抑えながら、棚屋がいきさつを語った。

「なんやて……」

さすがの枡屋茂右衛門も絶句した。つい先日、借りを作ってでも錦市場の後ろ盾にと鷹矢を口説いたばかりなのだ。それが無に帰したどころか敵対状態になった。

「阿呆にもほどがある」

枡屋茂右衛門が棚屋を怒鳴りつけた。

「しやかて、茂右衛門はん。江戸の武家を信用して痛い目に遭ったやおまへんか」

棚屋が反論した。

「あのとき、茂右衛門はんが頼った江戸の勘定方かてそうや。こっちから金をもらうだけもらっておいて、なんもせえへん。ちょっと動いてくれたら四年もかからんかった」

　棚屋がぼやくのも当然であった。枡屋茂右衛門が伝手をたどって、京都町奉行所の横暴を抑えてくれと依頼した勘定方の中井某は、こうしたらどうかとか、ああしたほうがいいとの助言はしてくれたがそれだけであった。

「勘定方から一本手紙が出たら、それだけで話はすんだはずや」

　町奉行所が五条通り市場の金に踊らされて錦市場に圧力をかけているというのを、江戸が知っている。そうわかるだけで話は変わる。いずれ江戸へ帰りたい京都町奉行としては、変な噂が立つだけでも大事であった。

「しかし、なんもしてくれへんかった。おかげで四年や。四年でどれだけの損失が出ました。わたいのところはなんとか凌いだけど、耐えきれず廃業した店もおましたんやで」

「…………」

　事実に対して枡屋茂右衛門はなにも言えなかった。

「なんとかしておくれやすな、茂右衛門はん、後生や」

　棚屋が手を合わせた。

「……棚屋はん」

しばらく沈黙した枡屋茂右衛門が、棚屋を見た。

「なんです」

「今回のこと、ほんまにそれだけですやろな。まさか、五条あたりにそそのかされたというような……」

「おまへん、まったくおまへん」

大慌てで棚屋が首を左右に振った。

「さよか。信じときますが、もし後で嘘やとわかったら……」

「ひっ」

睨みつけられた棚屋が震えあがった。

京の名士として知られた絵師伊藤若冲でもある茂右衛門の顔は広い。京の名刹、そのほとんどと繋がりがある枡屋茂右衛門を怒らせれば、棚屋などうめき声を発するまもなく潰された。

「これは大きな貸しや。出かけるで」

絵の具で汚れた手を洗いに、枡屋茂右衛門が台所へと向かった。

棚屋を放り出して半刻《はんとき》（約一時間）もせず、別の来客が禁裏付役屋敷を訪れた。

「なんとかお目通りを。枡屋茂右衛門が伏してのお願いだと」

「錦市場かかわりの者は通すなとのご指示である」

門番小者が枡屋茂右衛門を冷たく拒んだ。

「……ほな、南條の姫さまにお話を」

「南條さまにか」

門番小者が困惑した。

「これを……」

すっと枡屋茂右衛門が袖の下を贈った。

「……待て」

袖の重さを確認した門番小者が、屋敷へと入った。

「枡屋はん、お出でやしたんや」

少しして温子が門前まで出てきた。

「南條の姫さま、お力を貸しておくれやすな」

あいさつぬきで枡屋茂右衛門が温子に頼んだ。

「…………」

温子が冷たい目になった。

「……すんまへん」

「典膳正さまに、わたしが二条家の細作《さいさく》やと言うてくれはったそうですね」

先回りして詫びた枡屋茂右衛門に、温子が氷のような声で述べた。

「聞かはりましたか」

「棚屋が放り出された後、教えて下さいました」

無駄な確認をした枡屋茂右衛門を温子が追い打った。

「今まで積み重ねてきたものが、崩れるところでした」

「まことに申しわけもございません」

ていねいな口調で枡屋茂右衛門が深々と頭を下げた。

「そのわたくしに頼るつもりですか」

寒々とした態度で温子が訊いた。

「外に頼るお方がございません。なんとか、一度だけお取りなしを」

「わたくしの取りなしは、誰がしてくれると」

「……それは」

枡屋茂右衛門がうなだれた。

「禁裏付役屋敷の内証を預かっているおかげで、実家へ戻されることは避けましたが、江戸から来た女に商人たちを紹介する羽目になりました。いずれ、わたくしから内証は取りあげられましょう」

実務を弓江に教えるように言われたと温子が恨み言をぶつけた。

「…………」

枡屋茂右衛門が黙った。

「どうしてくれます」

「南條さまのご実家に、相応のことをさせていただきまする」

端公家の生活は厳しい。錦市場からの合力は喉から手が出るほど欲しいはずだ。そう考えた枡屋茂右衛門が告げた。

「そのようなもの、わたくしにとってさほどの意味はありません。そうなったときは、わたくしは実家へ帰されているということです」

「…………」

便宜だけでは駄目だと温子に釘を刺された枡屋茂右衛門がふたたび沈黙した。

「とりあえず、取り次いではあげます。が……」

「わかっております。これは錦市場が南條の姫さまにお借りした恩」

枡屋茂右衛門が頭を垂れた。

「あまりに哀れで見てられまへん。なんとかお目通りだけでも。それに知り合いの多い枡屋はんを敵に回すのは損やと思います」

温子の取りなしを受けて、鷹矢は枡屋茂右衛門を客間へ通した。

「まことに申しわけなく存じまする」

客間へ入らず、廊下で枡屋茂右衛門が平伏した。

「錦市場の総意ではございませぬ。あれは棚屋の一存でございました」

「責任はないと」

棚屋一人に責任を押しつけるのかと、鷹矢は不機嫌になった。

「とんでもございませぬ。棚屋はあれでも錦市場世話役の一人でございまする。今回の不始末は、市場全部で負わせていただきまする」

一人のせいですませる気はないと枡屋茂右衛門が口にした。

「まず、棚屋は世話役から下ろしまする。二度と典膳正さまの前には出しませぬ」

まずことの発端となった棚屋の始末を枡屋茂右衛門が約束した。

「続いて錦市場でございますが……」

枡屋茂右衛門が一度言葉を切った。

「……典膳正さまが京におられる限り、錦市場はお味方をさせていただきまする」

一拍の間をおいて枡屋茂右衛門が告げた。

「吾の味方をすると」

「はい。錦市場の総力をあげまして」

念を押した鷹矢に枡屋茂右衛門が宣言した。

「市場に手助けと言われてもの」

鷹矢は渋った。

「失礼ながら、市場の力を甘くご覧になられておられるようでございまする。市場にはものだけでなく、人も集まりまする」

「当たり前だな。人が来ない市場など、あり得ぬ」

鷹矢はうなずいた。

「人とものが集まれば、噂も集まりまする。古来より、人の口に戸は立てられぬと申しますように、錦市場には京のすべてが聞こえて参りまする」

「京のすべて……」

壮大な話に、鷹矢は驚いた。

「それが噂の怖ろしさで」

枡屋茂右衛門が強く首を縦に振った。

「居ながらにして、それを典膳正さまは手になさる。これでお詫びとさせていただけませぬでしょうか」

手を突いて枡屋茂右衛門が鷹矢に願った。

「……むうう」

鷹矢は唸った。

利が大きいのはわかっているが、格下のそれも貸しのある棚屋から試されたという不快感が消えていない。

「一枚、絵を描かせていただきまする」

返事をしない鷹矢に枡屋茂右衛門が提案した。

「そなたの絵を」

「はい」

枡屋茂右衛門がうなずいた。

「新たな絵を描く暇などなかろう」

少し調べただけで枡屋茂右衛門の絵師としての名声を知った鷹矢は驚いた。

「これからもお話しをしたいこともございまする。今後は誤解を生むようなまねをしてはなりませぬ」

　枡屋茂右衛門が告げた。

「それにわたくしならば、足繁くこちらに通っても目立ちませぬし」

「はて」

　鷹矢は枡屋茂右衛門の言葉に首をかしげた。

「おわかりになりませんか。わたくしは今青物問屋枡屋の主ではございません。隠居してから絵師として働いております」

「吾がおぬしに絵を頼んだことにしろと」

　やっと鷹矢は理解した。

「はい。こちらの襖絵を描かせていただくことになった。そうさせていただけば、毎日通っても不思議ではございますまい」

「なるほど」

　枡屋茂右衛門の案に、鷹矢は乗った。

「あと、南條の姫さまのことですが……」

「………」

　嫌そうに鷹矢は顔をしかめた。信頼してきただけに、裏切られたという気分が拭えなかった。

「じつは、ここへ通していただくのに……」

門前での交渉をそのまま枡屋茂右衛門が伝えた。

「実家への援助を、その程度と……」

「はい。そのうえ、わたくしのことをどうしてくれるんだと。実家へ帰る気はないように感じましてございまする」

「実家へ帰っても武家に差し出された女に居場所はないからだろう。捨て姫は皆そうなると聞いた」

かつて赴任の際、前任の西旗大炊介から捨て姫を押しつけられそうになった鷹矢は、そのへんの事情を学んでいた。

「実家での居場所というより、典膳正さまの近くでの居場所を失いたくないのではございませぬか」

「吾の側……」

枡屋茂右衛門が述べた。

鷹矢は温子がいるであろう台所のほうへと顔を向けた。

「どちらかというと、男を取られたくない女といった感じでございました」

「そんなものが、わかるのか」

人の心を見抜く。鷹矢にはできない。

「これでも絵描きの端くれでございまする。まあ、美人画はやりませんので、絶対とは申しませんが、絵はその本質を描くものだと思っております。形をなぞるだけでは、絵ではなく落書き、そこに描かれたものの真《まこと》が見えなければなりません」

自信を持って枡屋茂右衛門が告げた。

「真を写す……」

鷹矢は考えこんだ。

「……わからんわ。吾は絵を描けぬな」

「それで結構なのでございますよ。誰にでも描けたら、わたくしは困りまする」

あきらめた鷹矢に、枡屋茂右衛門が笑った。

「たしかにな。ところで、錦市場の裏切り者はどうなっている」

縁を切ったつもりでいた鷹矢は、最後に先日の真相を問うた。

「申しわけもございませんが、まったく話は進んでおりませぬ。一応、あのときに参加していた連中の特定はほぼできましたが……誰も代々錦市場で店を受け継いできた者ばかりで、怪しいと思えませず」

困惑の表情を浮かべた枡屋茂右衛門が弁明した。

「おぬしが調べたのか」

「いえ。わたくしは世話役総代のようなまねごとをしておりますが、隠居の身。あまり表立つわけにはいきませぬ。年寄りの役として尻ぬぐいをいたすくらいで」

直接確認したわけではないと枡屋茂右衛門が首を振った。

「身内でまともな調べができるわけなかろう。皆、顔見知りどころか、下手すれば親戚のようなもの。結局わかりませんでしたは、通さぬぞ」

鷹矢がうやむやにする気かと枡屋茂右衛門に苦情を申し立てた。

「……はい」

京都町奉行所に届け出ないとの話はできているが、己で罰を与えないとは約束していない。鷹矢の言葉に枡屋茂右衛門が難しい顔をした。

「今回のこともある。甘やかすつもりはもうない」

「…………」

険しい声を出した鷹矢に、枡屋茂右衛門が沈黙した。

「十日と日限を切る。つぎの報告までに進展がなければ、吾が取り調べる」

直接出向くと鷹矢が告げた。

「わかりましてございまする。それまでにかならず」

枡屋茂右衛門が真剣な顔で応じた。

四

二名いる禁裏付は月ごとに、天皇からの要望を待つ武家伺候の間番と実務を担当する日記番を繰り返す。

月が変わり、鷹矢の勤務場所は武家伺候の間から、日記部屋へと移った。

「今日は誰が当番の蔵人か」

日記部屋へ入った鷹矢は、座るなり問うた。

「当番の蔵人は、わたくしで」

日記部屋の奥に控えていた蔵人が手を挙げた。

「名前は」

「六条でございますわ」

歳老いた蔵人が求めに応じて名乗った。

「昨日の御所へ納められた食材の明細を出せ」

「……昨日のはもう黒田伊勢守はんの花押《かおう》をいただいとりますが」

鷹矢の命に、六条が抗弁した。

「これは禁裏付としての命である」

「さいですかいな。ちょっとお待ちを。納殿《おさめどの》へ取りにいてきます」

あきれたように嘆息した六条が腰をあげた。

納殿は納戸とも称され、禁裏の物品を保管する場所のことで、蔵人頭の管理下にあった。

「急げ」

鷹矢は急かした。

「…………」

当番の蔵人が出ていった日記部屋から話し声が途絶えた。日記部屋には当番蔵人の他に、禁裏付の所用をおこなう非蔵人、掃除などをする仕丁が控えている。その誰もが口をつぐんでいた。

「……お待たせを」

小半刻（約三十分）ほどかかって、六条が戻って来た。

「ご苦労」

一応ねぎらって、鷹矢は帳面を手にした。

「……やはり」

「なんですやろ」

帳面を見た鷹矢は、懐から忘備録として遣っている帳面を出した。これは、鷹矢が毎日蔵人から出される書付の中身を筆写したものであった。

「同じだな」

そこに書かれていた内容に違いはなかった。

「当たり前でんがな。中身が違《ちご》うたら、帳面の意味がおまへん」

思わず六条が口にした。

「いや、ぬけぬけと記録を残せるものだと感心している」

「へっ」

鷹矢の言った意味を理解できなかったのか、六条が間の抜けた声を出した。

「六条と申したの。そなたの家では菜を買わぬか」

「買いますがな。というか、蔵人の禄では、魚なんぞ買えませんよってな。毎日、菜ばっかりですわ……」

そこまで答えたところで、六条が口を閉じた。

「菜の値は存じておるな」

「……し、知りまへん。買いものは雑司がしますよって」

家の雇っている小者の担当で、当主が買いものをすることはないと六条が否定した。

「そうか。ものの値段を知らぬか。それでよく蔵人が務まるものだな」

「………」

六条が黙った。

「よし、もうよいぞ」

禁裏の帳面を鷹矢が、六条に返した。

「……よろしいんで」

それ以上の咎めはないのかと六条が怪訝な顔をした。

「市場を見てこなければなるまい。実状を知らぬままでは変えようもあるまいが」

鷹矢が六条を見た。

「明日の帳面からは、適正な金額になっておらねば……」

禁裏付の権を振るうと鷹矢は六条に暗に告げた。

「あ、明日でんな。ちょっと失礼しまっせ」

帳面を握った六条が、慌ただしく日記部屋を出て行った。

「さて、どう出るか」

　鷹矢は呟いた。


　反応は思ったよりも早かった。

　六条が去ってから半刻もしないうちに、武家伝奏広橋中納言前基《さきもと》が日記部屋へと踏みこんで来た。

「典膳正」

「中納言さま、御用でございますか」

　呼びかけに鷹矢が応じた。

　武家伝奏は、朝廷と幕府の間を取りもつのが役目である。

　広橋家は代々武家伝奏を受け継ぐ家柄であり、禁裏付になったばかりの鷹矢の教育役でもあった。

　もっとも武家伝奏は禁裏付の支配を受けるため、鷹矢は広橋中納言の上役になるのだが、禁裏のなかでの地位ははるかに中納言が高い。鷹矢は慇懃《いんぎん》な態度で、広橋中納言を迎えた。

「御用やないで、典膳正。なにを考えてるんや」

広橋中納言が大きな声で鷹矢を責めた。

「はて、なにを仰せやらわかりかねまするが」

鷹矢は首をかしげた。

「とぼけな。蔵人を締めあげたらしいやないか」

「締めあげた……そのようなまねはいたしておりませんが。そうであろう」

叱るような広橋中納言から鷹矢は同席していた仕丁たちに目を向けた。

「……おい」

広橋中納言が仕丁たちを促した。

「た、たしかに禁裏付はんは、六条はんに用を言いつけはりましたが、叱るような感じやおまへんでした」

禁裏付を敵に回すわけにはいかない。仕丁は見たままを口にした。

「…………」

広橋中納言が黙った。

「おわかりいただけましたでしょうや」

「いいや。そなた蔵人にものの値段を見てこいと言うたやろ」

「申しました。ものを買うに値段を知らぬというのは、問題でございましょう」

鷹矢は認めた。

「禁裏に値切れちゅうのか、そなたは。今上さまにそんな恥ずかしいまねをしていただけと」

広橋中納言が天皇を出してきた。

「今上さまが、お買いものをなさるのでございますか」

「そんなわけあらへんやろう。御上は御所からお出にならんし、商人などとお会いになるはずもない」

確認された広橋中納言が首を横に振った。

「であれば、今上さまの御恥になりませぬ」

「阿呆、そうやないわ。禁裏が値切ったということが問題やねん。禁裏はすなわち御上や。御上の悪口を商人どもが言う、これがまずい」

反論した鷹矢に、広橋中納言が言い返した。

「なるほど」

「わかったようやな」

うなずいた鷹矢に広橋中納言が安堵の顔を見せた。

「つまり、禁裏が吝嗇《りんしょく》だと言われるほうが、商人たちから欺《だま》されているよりましだと仰せになる」

「なっ……」

鷹矢の言葉に広橋中納言が絶句した。

「禁裏へ上納しているわけではありませぬ。商人たちは品を納め、代金をもらってい る。その代金があきらかにおかしい。これは禁裏を欺している。ひいては御上を侮っ ている」

「口を慎め、典膳正」

広橋中納言が諫めた。

「失礼をいたしました」

清涼殿のほうへ向かって、鷹矢は平伏した。

「ご覧を」

頭を上げた鷹矢は帳面と錦市場から手に入れた値段表を広橋中納言に突きつけた。

「……これは」

金額の差を見た広橋中納言が目を剝いた。

「五割くらい高いかと思うていたが、三倍、ものによっては五倍のもんもある」

広橋中納言が身体を震わせた。

「…………」

鷹矢は黙って広橋中納言を見つめた。

「し、しかし、禁裏の口向に禁裏付が手を入れるのはよろしゅうない。安永の事件の二の舞はまずい」

安永期にあった朝廷の口向不正は、幕府の介入でことさら大事になった。近衛内前の奮闘でなんとか落ち着いたが、あれからそれほどときは経っていない。また同じことがおこなわれていたとなると、幕府も前回のような対応ですますとは思えなかった。

「手を出してはおりませぬ。今は」

鷹矢が首を左右に振った。

「ですが、このままというわけには参りませぬ。安永から十年ほどで禁裏の口向はふたたび腐った。いや、変わったように見せて、内実は同じでしかなかった。それを見過ごせば、禁裏付は意味がなくなりまする」

「飾りでええ。禁裏付は武家が禁裏に突きつけた短刀や。けどな、それが真剣やったら禁裏も対応せんならん。竹光やったら笑ってられる」

「みょうなことを仰せになる。禁裏付は、竹光だと」

竹光は竹を削って刀の形にしたものだ。鞘にしまっておけば、外から見たときにはわからない。だが、抜いたところで使えない。

「そうや。禁裏付を御所に受け入れているのは、竹光やからじゃ。もし、真剣やというなら、所司代と一緒で、御所の外に置くわ。誰が御上に刃物なんぞ近づけさすかい」

広橋中納言が語調を強くした。

「……………」

公家の覚悟を広橋中納言が見せた。鷹矢は沈黙した。

「……ですが、このままとは行きませぬ」

「そなたが江戸へ報せるからやな」

「……………」

確かめるような広橋中納言へ鷹矢は無言で肯定を返した。

「松平越中守が黙ってへんやろうな」

「……………」

今度は鷹矢は反応しなかった。いや、してはならなかった。

「気使うてくれたんや」

広橋中納言の雰囲気が和らいだ。

「朝廷が折れなあかんようになるな。二度目やしの」

　苦い顔で広橋中納言が言った。

「この悪習を正さなあかん。それはわかっている。しゃあけど、これで息を吐いていいる者もおる」

　広橋中納言の言葉に、その場にいた仕丁たちが首肯していた。

「いきなりは、無理だと」

「そうや。急な改革はかならず反発を受ける」

　慎重にすべきだと広橋中納言が諭した。

「千年変わらずに来た公家が、変われますか」

「…………」

　言われた広橋中納言が沈黙した。

「動かねばなにも変わりませぬ」

「……もうちょっと待ってくれ」

　迫る鷹矢に広橋中納言が気弱な返答をした。

「朝議でも、この話は出た」

「やっぱり漏れてましたな」

温子が二条治孝へ報告したのだと鷹矢は苦笑した。

「なんの話や」

「お気になさらず」

怪訝そうな顔をした広橋中納言に、これ以上訊かないでくれと鷹矢は拒否した。

「……そうか」

少し不思議そうにしながら、広橋中納言が話を戻した。

「一応、朝議でな。しばらくは大人しゅうさせようということになってる」

「しばらくはでは意味がありませんぞ」

一時凌《しの》ぎではなにも変わらないと鷹矢は不満を述べた。

「わかってるけど、しゃあないんや。変わらないのが公家、そして禁裏や。変化を受け入れたら、また朝廷は痩せる」

広橋中納言が大きく首を横に振った。

「痩せるとは、どういう意味でござる」

鷹矢は尋ねた。

「武士の台頭を公家は受け入れた。その結果、朝廷は天下の支配を失い、窮乏した。武士どもが荘園の押領を始めたとき、先祖たちはなんもせんかった。あのとき、公家が刀を持って先頭に立ち、武士を押さえつけていたら、今も天下は朝廷のものやったはずや」

「そのようなまね、できるはずがございませぬ」

公家が武家と争い勝つはずなどない。鷹矢は広橋中納言の説を認められなかった。

「例はいくつかある」

広橋中納言が述べた。

「戦国の土佐《とさ》や。長宗我部《ちょうそかべ》が台頭するまで、土佐を押さえていたのは五摂家の一つ一条家の分かれや」

「一条氏……聞いたことはございますが、詳しくは存じませぬ」

名前くらいは鷹矢も知っていた。しかし、徳川の家人である鷹矢が興味を持って学んだのは、織田信長の桶狭間の合戦以降である。なにせ、桶狭間の合戦のお陰で今川氏が衰退、その被官扱いだった徳川家が独立できたのだ。いわば、桶狭間の合戦が徳川家康天下人への第一歩であった。

「土佐の一条氏は、関白一条教房《のりふさ》が応仁の乱で被災した京を離れ、荘園へ赴いたことに始まる」

「関白さまが……」

公家の最高位が関白である。その関白が都落ちを選んだ。

「それほど応仁のころの京は酷かったんやろう。うちにも口伝は残ってる。そのときに畠山《はたけやま》の軍勢に屋敷を荒らされ、姫が一人拐《かどわ》かされたと。そのことは忘れるなとな」

「…………」

畠山の悪行を三百年近く言い伝えている。その執念深さに鷹矢は息を呑んだ。

「まあ、畠山なんぞ、今や大名でさえない。応仁のころは、細川と天下を二分してきながらや。そのざまをみろというところや」

広橋中納言が嘲笑を浮かべた。

「畠山の話はまあええ。一条教房はんは、土佐に下向した後、一条家の荘園を押領していた国人どもを駆逐し、関白はんの息子房家《ふさいえ》はんは、朝議に出んから関白ちゅうわけにはいかんけど、従二位まであがりながら、細川と土佐を分け合うほどに勢威をもたはった」

「わずか二代でそこまで……」

織田家でも、尾張を支配するまでかなり代を重ねている。徳川家、当時は松平だったが、にいたってはもっと苦労をしてきた。

「なんでできたと思う」

「一条教房さま、房家さまが武に優れていた……」

訊かれた鷹矢が自信なさげに答えた。

「そんなわけあらへんがな。公家やで。刀さえ持ったことなんぞないわ」

広橋中納言があきれた。

「磨かてそうや。広橋は代々武家伝奏を務めるおかげで、徳川から銘刀をようけもろうとる。しゃあけどいっぺんも抜いてないわ」

「手入れをせねば、錆《さ》びまする」

思わず鷹矢が責めるような言いかたをした。将軍家下賜の銘刀が雑に扱われていることに我慢できなかった。

「手入れもただやないで。研ぎに出せば一本で小判が要る。迷惑な話や。将軍家拝領となると、勝手に売ることもでけへん。刀くれるよりも金もらうほうが、なんぼかありがたいわ」

広橋中納言が不満を口にした。

「なんという……」

「怒りな。考えてみ、典膳正、そなたに幕府が褒美やというて、笏《しゃく》をくれるようなもんやねんで。江戸へ戻って笏なんぞ使うか」

「使いませぬ」

笏は公家が手にしている木の薄板のようなものだ。ここに朝議の題などを書く。それを見ながら話し合いをする。いわば、備忘録のようなもので、武家にとってはまったく使い道のないものであった。

「それと同《おんな》じや」

「…………」

将軍家拝領品を粗雑に扱う理由としてはどうかと思ったが、それ以上鷹矢はなにも言わなかった。

「また話がそれた。典膳正と話してると、ようずれる」

「……それは」

おまえのせいだという広橋中納言に文句を言いかけた鷹矢だったが、あきらめた。

「一条はんが二代、実質一代で土佐半国を支配できた理由は、血や」

「血……血筋ということでございますか」

「そうや。一条という帝に近い高貴な血が人を惹きつけ、支配した」

胸を張って広橋中納言が断言した。

「乱世に血筋……」

下克上《げこくじょう》がまかり通った戦国の世に、血筋などというあやふやなものでやっていけたのかと鷹矢は疑問を感じた。

「疑ってるな。無理ないわ。これ以上言えへん。口で言うてもわからんからな。京におればいずれ身に染みるわ」

そんな鷹矢を広橋中納言が憐れんだ。

「さて、言いたいことは言うた。典膳正、やりすぎなや。やりすぎて、蔵人や仕丁のなかから自死する者《もん》がでたら、そなたのせいになるで」

「それはあまりでございましょう。悪に手を染めておきながら、責任を追及されて死ぬなど勝手にもほどがござる」

鷹矢は抗弁した。

「罪には問われない。それが公家や」

「なっ……」

「公家の任免は朝廷にある。そう、安永のときに決められた。そうやろう」

「うっ」

幕府が正式に認めたものを覆すだけの権を鷹矢は持っていなかった。

「そなたがやろうとしているのは、嫌がらせや」

「嫌がらせではございませぬ」

「結果のでんことは、そのていどや」

反論しようとした鷹矢を広橋中納言があしらった。

「そなたとの論もあきた。東国の夷《えびす》の頭は固すぎる。おもしろくもないわ」

広橋中納言が背を向けた。

「中納言さま」

「ええか。これは警告やで。やり過ぎて一人でもおかしゅうなったら……」

鷹矢を見ることなく、広橋中納言が言葉を溜めた。

「朝廷すべてが、そなたに牙剝く。覚悟決めや」

言い残して広橋中納言が日記部屋を出て行った。

「……………」

鷹矢はその後を追えなかった。

「あのう……」

広橋中納言が開け放したまま出ていった襖から六条が顔を出した。

「調べて参りましたよって」

六条がおずおずと鷹矢に近づいてきた。

「もういい」

「へっ」

鷹矢は六条に手を振った。

「もういいと言ったのだ。そのことはすんだ」

「中納言はんとの間に……」

「……」

言いかけた六条を鷹矢が睨みつけた。

「ひっ」

殺気を浴びせられた六条が悲鳴をあげた。

「黒田伊勢守どののところへ行って参る」

同じ御所内でも、出かけるには行き先を告げなければならない。

「ほな、先触れを」

仕丁の一人が駆けていった。

第五章　袖の陰

一

武家伝奏と禁裏付の口論は、一日で禁裏を席巻した。

「ご参内になられたら、一度お目にかかりたい」

日記部屋にいた鷹矢のもとへ、同役の禁裏付黒田伊勢守の伝言を携えて仕丁がやってきた。

「承知、すぐに参上いたす」

参内してもやることなどはない。一日無為にときを過ごすよりは、先達からのお叱りであろうが、ましであった。

鷹矢は日記部屋で腰を下ろすこともなく、禁裏の奥へと足を運んだ。

「お呼び立て、申しわけなし」

武家伺候の間で鷹矢の相役である黒田伊勢守はやわらかく微笑《ほほえ》んで、鷹矢を待っていた。

「いえ。お気になさらず」

詫びた黒田伊勢守に鷹矢は首を左右に振って謝罪は無用だと応じた。

「手痛い目に遭いましたの」

「ご存じで」

「すでに禁裏付を拝命して三年でござる。いろいろ伝手はできまする。広橋中納言さまの一言一句も知っておりまする」

目を大きくした鷹矢に、黒田伊勢守が答えた。

「…………」

鷹矢は絶句した。

「武家伝奏の叱責は、まあ、慣例のようなものでござる。お気になさるな」

本題に入った黒田伊勢守が、まず鷹矢を慰めた。

「慣例だと言われますると」

「禁裏付になった者は皆、同じところに手を付けようとするのでござるよ。かく言う拙者も着任当初に口向を叩きました」

「伊勢守どのも」

鷹矢が驚いた。

「前例があり、毎日報告される日誌で簡単に気づきますからの。それに禁裏付は官位があがるなどうまみのある役目ではござるが、なにせ五年は帰れませぬ。たとえ帰れても五年の間、なにもございませんでしたという報告では、ご執政衆の覚えはめでたくございますまい」

「役立たずだと思われますな」

鷹矢もうなずいた。

「我らは禁裏付であがりになるわけではござらぬ。皆、その後を望んでおりまする。典膳正どのも同じだと考えますが」

「はい」

鷹矢も認めた。

旗本は誰もが大名を夢見ている。

「三河以来の……」

こう己の出自を語るとき、かならず付けるのは、徳川家が三河一国の大名に過ぎなかったころから仕えている。名門だというのと同時に、関ケ原で徳川が勝ってから膝を屈した連中とは違うのだという矜持を見せつけている。

だが、これは僻《ひが》みでしかない。

徳川家康とともにあらゆる戦場を駆け、多くの一門を死なせ、幕府を打ち立てた。その苦労のわりに報われていないと思っているのだ。

「外様などすべて潰してしまえばよい。そして浮いた領土を我らに下されば、天下は安泰だ。なにせ大名が徳川に忠誠を尽くす者ばかりになるのだからな」

旗本のほとんどはこう考えている。

しかし、世は定まってしまった。

大名は大名、旗本は旗本、はっきりした線引きがなされた。それだけならまだいい。どこかで戦があり、手柄を立てれば加増され大名になることもできる。

その前提が崩れた。徳川が天下を支配することで、戦がなくなってしまった。

戦場がなくなれば、武士の出世は減る。なにせ、目に見える手柄がない。手柄がなければ禄は増えなくなる。

いや、加増の道は一つだけ残されていた。それが役目に就いて、結果を出すことであった。

「拙者も禁裏付で終わる気はございませぬ。もう一つ上、できれば目付、遠国奉行のどちらかに就きたいと思っておりまする」

黒田伊勢守が野心を打ち明けた。

「わたくしも小納戸頭、できれば小姓組を望んでおりまする」

礼儀として鷹矢も野望を口にした。

「ご側近衆でござるか」

黒田伊勢守が首を縦に振った。

身分はさほどではないが小納戸は将軍の食事、着替え、御休息の間の掃除など、身の廻りのことを担当する。小姓組は名門旗本から選ばれ、将軍の側に詰め、その警固を担う。

どちらも将軍と近く、声もかかりやすかった。ちょっとしたことでも目立つうえ、老中や若年寄などの執政たちとも会う機会が多く、出世しやすい。

「伊勢守どのは実利でござるな」

「さようでござる。目付は権が大きく、務めた者は遠国の町奉行へ転じやすい。遠国奉行は、その地の大名と同じで、絶大な力を誇りまする。支配する町からの音物《いんぶつ》も多い。数代喰えるほど金が貯まるという長崎奉行までとはいきますまいが、下田奉行、伊勢山田奉行、佐渡奉行のどれでも数年務めれば、一代の間は金に困りませぬ」

首肯した黒田伊勢守が語った。

「逸《はや》って当然でございますな」

鷹矢はため息を吐いた。

「拙者も口向に手を付けようとして、厳しい警告を受けました。結果、口向からは手を引かざるをえなかった。朝廷に嫌われては、禁裏付は果たせませぬ。それこそ、伊勢守は禁裏にふさわしからずなどと京都所司代に申し立てられたら、終わりでござる」

小さく黒田伊勢守が首を左右に振った。

「任にふさわしからず……お咎め小普請行きになりましょう」

罷免された旗本は、小普請組へと編入される。これはお咎め小普請、あるいは懲罰小普請と言われ、まずそこから抜け出すことはできなかった。旗本にとって小普請入りは恐怖でしかない。

「機を見られることだ」

「では、伊勢守どのも」

黒田伊勢守がまだあきらめていないと鷹矢は知った。

「五年あるのでござれば、その間になにかしらの結果を出せばよい」

「…………」

猶予はあると口にした黒田伊勢守に、鷹矢は黙った。

「……そうでござったな。貴殿は老中首座さまの命で京へ来られたのでござったな。五年どころか、半年も許されませぬか」

すぐに黒田伊勢守が鷹矢の沈黙の意味に気づいた。

「お気の毒だとしか申せませぬ。が、焦られぬことでござる」

「ご忠告痛み入りまする」

黒田伊勢守の内心を知ることができた鷹矢は、それで満足するしかなかった。

昼餉は禁裏から出される。三の膳まで付いた立派なものであった。

「…………」

もともと京風の味付けで薄いものが、今日は無味に感じられて、鷹矢は嫌々昼餉を飲みこんでいた。

「馳走《ちそう》でござった」

かなり多くのものを鷹矢は残した。食べきれないと思ったものには箸をつけていない。これは残ったものを持ち帰って夕餉にする仕丁たちへの気遣いであった。

「日誌でござる」

昼餉は禁裏の習慣で一刻《いっとき》（約二時間）近くかける。それより早く食べ終わっていても、膳は片付けられない。

箸も使わず、無為にときを過ごした鷹矢の前から膳が片付けられると、そろそろ終業の頃合いになる。

六条が今日の口向出入りを記した書付を鷹矢の前に差し出した。

「うむ」

うなずいて鷹矢が日誌を読んだ。

「……これは」

鷹矢がもう一度日誌を頭から読み返した。

「商人どもが、値下げを申し出ましたんや」

六条が応じた。

「蔵人から命じたのではないのだな」

「へえ。こちらからはなんも」

確認する鷹矢に六条が白々しい顔で告げた。

蔵人から値下げを命じたとあれば、今までは高いと知っていて放置していたことになる。職務怠慢で咎められてもしかたがないが、御用商人が自主的に値下げしたのならば、蔵人たちにはなんの責任もなくなる。

「結構だ」

鷹矢はいつものように、日誌を写し取ってから花押を入れて返した。

「これでよろしゅうございますか」

下から窺うように六条が鷹矢を見上げた。

「ものの値段は上下する。今日だけでよしとするわけにはいかぬが、このまま続けば、なんの問題もなかろう」

鷹矢は釘を刺した。

「御用商人どもに、よう言い聞かせときますわ」

ほっとしながら、六条が下がっていった。

「では、これで下がるといたす」

禁裏付の一日はこれで終わる。あとは、屋敷まで馬鹿げた行列を仕立てて戻るだけであった。

「お帰りでございましょうや」

借りものの行列のなかで、唯一鷹矢の家臣になる檜川が問うた。

「うむ」

駕籠に乗りこみながら、鷹矢はうなずいた。

「お発ちである」

檜川が行列を促した。

禁裏付の行列とはいえ、江戸から家臣を連れて来ては大事になる。そこで一日の送り迎えでいくらという日雇いで、神社の神官、貧乏公家の雑司などを借り出し、体裁を作る。当たり前のことだが、誰一人として鷹矢への義理など感じていない。事実、先だっての襲撃では、刺客側から金を受け取り、鷹矢の逃亡を邪魔したくらいである。

「いたしかたあるまい」

鷹矢もそのような輩に忠義を求めてはいない。形を作らねば、公家たちから侮られるから雇っているだけで、交流を深める気も失せていた。

「お帰りでおます」

行列の先頭が禁裏付役屋敷に着いた。

「はい。ご苦労はん。これ、今日の分」

門のなかまで入った行列の差配に、温子が全員分の日当を渡した。

「おおきに」

頭を下げた差配が、温子に気まずそうな顔を見せた。

「内所はん、今日で勘弁願いたいんでっけど」

金をくれた雇用主を殺す手伝いをしたのだ。なんとか鷹矢は生き残ったとはいえ、行列の連中にしてみれば、なんとも居づらい。

差配が辞めさせてくれと願った。

「そうなんや。嫌なら、しゃあないな」

温子があっさりと認めた。

「すんまへん。では、これで」

気の変わらないうちにと差配が踵を返した。

「ただ、このことは松波雅楽頭さまにご報告せんならん」

「……雅楽頭さま」

差配の足が止まった。

松波雅楽頭は五摂家二条家の家司を務めている。その実力はそこいらの中納言や参議、中将などの公家を凌ぐ。

「なんせ、あんたらは雅楽頭さまのご手配やからなあ」

「ごくっ」

振り向いた差配が音を立てて唾を呑んだ。

「祇園《ぎおん》さんの権禰宜《ごんのねぎ》やったかなあ、あんたは」

「…………」

差配が大きく目を見開いて、温子の美しい顔を見つめた。

「今年の祭りのときは、のんびりできる」

京に夏の到来を報せる祇園祭りは、天下第一のものと言われている。規模も人出もすさまじい。当然、祇園社こと八坂《やさか》神社に属する神官、神人は、夜寝る間もないほど走り回る。

「わいを辞めさせると……」

「阿呆なこと言わんとって。あたしにそんな力があるはずないやろう。あたしは実際にあったことを雅楽頭さまに告げるだけや。そこから先は雅楽頭さま次第やな。いや、雅楽頭さまから文句を言われた祇園社がどうするか」

「別の者《もん》を手配しますよってに」

代わりを差し出すから、松波雅楽頭へ報せるのは勘弁してくれと差配が願った。

「どこの馬の骨ともわからん奴に、典膳正はんの身柄を預けろと。冗談《てんご》言うたらあかんで」

温子が氷のような目で差配をにらみつけた。

「あんたがやったことを、そいつがせえへんという保証はないやろ。その点、あんたなら安心や。なんせ、一回裏切ってるから、次はないとわかってるはずやし。なあ、檜川はん」

鷹矢を玄関まで送った檜川が、いつのまにか温子の後ろに控えていた。

「拙者もせっかく得た仕官先を失いたくない。もし、そうなったらなにをするかわからんな」

檜川も脅しに加わった。

「なあ、皆、なんとか言うてえな」

差配が行列の面々に助けを求めた。

「…………」

さっと面々が目を逸らした。

「皆のことも雅楽頭さまはご存じやでなあ」

温子があでやかに笑って見せた。

「しゃあかて、こっちも命が惜しいねん。今日も御所前で待ってる間、ずっといろいろな連中に見張られてたんやでえ」

差配が開き直った。

「そうなん、檜川はん」

さっと温子が笑いを消した。

「たしかに目を感じましたが、殺気の籠《こ》もったものはございませんでした。せいぜいが、腹立たしいというところでしょう」

「……そのていどならば」

檜川の説明に、温子がうなずいた。

「大峰はんやったな」

温子が差配を名前で呼んだ。

「覚えてはったんでっか……」

一層差配の顔色が白くなった。

「辞めてよろしいわ。そのていどの目を怖がるようやったら、とても行列の差配はさせられません」

「……………」

大峰が黙った。

「他のみんなはどうするねん」

温子が駕籠かき、槍持ち、挟み箱持ちなどの供役に訊いた。

「わたいらは担ぎまっせ」

最初に駕籠かきが手を挙げた。

「な、なにを言うてんねん。皆で一緒に辞めたら、なんもでけへんというたやないか」

大峰が慌てた。

「わたいもこのままで」

「こっちも今まで通りでお願いしまっさ」

槍持ち、挟み箱持ちも寝返った。

「あわ……」

一人になった大峰が泡を食った。

「ほな、明日も頼むえ」

解散していいと温子が手を振った。

「へえ。おおきに」

「では、明日の朝、来まっさ」

口々に別れを言いながら、駕籠かきたちが去って行った。

「檜川はん、今日はなにもなかったのでございますね」

温子が口調を変えて確認した。

「なにもございません」

あれ以降、夕餉の食事が増え、わずかながらも酒も与えられている。食いものを握られた男は、女に勝てない。

檜川は温子に報告した。

「その目というのは、剣呑《けんのん》なものではないんでしょうね」

「今のところは」

念を押した温子に、檜川が告げた。

「……今のところはということは」

「殿のご状況から鑑《かんが》みて、このままなにもなくというのは、いささか甘いと存じまする」

かならずなにかあると檜川が続けた。

「今まで、拙者が経験してきたなかでも、争いは最初は軽い怒り、嫉妬などから始まるのがほとんどで、やがてそれを消化できなかったものが、思いを吐き出すように襲い来まする」

「我慢できなくなる……」

温子の表情が硬くなった。

「なにか前兆のようなもんは」

「集まる人数が増える。隠していた姿を見せるようになる。目があっても逸《そ》らさなくなる」

問われた檜川が答えた。

「そして……悪意のある噂が流れ出す」

「流言飛語」

「はい」

温子の呟きを檜川は認めた。

「…………」

「随分詳しいとお思いでしょう。すべて経験いたしました」

無言で見つめる温子に檜川が苦笑した。

「檜川はんが……」

「さようで。拙者が大坂で道場をしているときのことでござる。結局道場を潰してしまいましたので、あまり偉そうな話はできませんが、これでも十四年前、道場を開いたときは人気で、弟子が溢《あふ》れるほどおりました」

　懐かしい思い出を語るように、檜川が述べた。

「原因は、大坂の新町で酔っ払いを懲らしめたところを見ていた人が、拙者を稀代の名人と褒めて下さったことだったのですが、それで一気に弟子の数が増えました。その反動で近隣の道場から弟子が消えた。ようは、わたくしのところへ鞍替えをしたわけでございまして……」

　檜川が苦い顔をした。

「最初は、近隣の道場から、どんな奴だと興味本位で見られていたのが、他人の弟子を取るなど仁義を知らぬになり、生意気な、無礼などを過ぎ、やがて儂が喰えないのは、あいつが弟子を卑怯《ひきょう》な手で奪ったからだへと変化していきまする。そしてわたくしの悪い噂が立ちました。あの酔っ払いと拙者は知り合いで、でき試合だったとかなどはましなほうで、酷いのになると、国元で人を殺して逃げて来たなどという悪評が囁《ささや》かれるように……」

　大きく檜川がため息を吐いた。

「それでも堪《こた》えない顔をしていたら、ある日道場を出たところをいきなり襲われましてござる」

檜川が話した。

「大事ございませんの」

温子が檜川の身体を気遣った。

「そのていどの輩に負けるような私ではございません」

檜川がちょっとだけ胸を張った。

「あのう……」

話しこんでいる二人に、一人残った大峰が声をかけた。

「あら、まだいたんどすか」

わざとらしく驚いた顔で温子が大峰を見た。

「なにしてはりますん。かかわりのない人が、役屋敷に入ってるなんて……檜川はん」

「つまみ出しましょう」

温子に言われた檜川が、大峰へ近づいた。

「ひっ」

大峰が首をすくめた。

「日雇いのあんたはんに、忠義なんぞ求めてまへん。しかも、あんたは典膳正はんを一回売ってる」

冷たい口調で温子が大峰を追い詰めた。

大峰は、京の顔役に指示されて、刺客の便宜を図っている。

「その後も使い続けてやった恩を感じないような輩に、うちは容赦せえへん」

「な、なにを言うてますねん。南條の姫さんかて、二条はんの……」

断罪した温子に、大峰が言い返した。

「そうや。しゃあけど典膳正はんのためにならんことはしてへんわ」

温子が一緒にするなと大峰を睨みつけた。

「…………」

大峰が黙った。

「檜川はん、放り出してんか」

「お任せを」

もう一度頼まれた檜川が大峰の襟首を摑んだ。

「ま、待っておくれやす。わたいも今まで通り……」

「遅いわ」

温子が切り捨てた。

「あきらめろ。拙者から見ても救いようがない」

檜川が大峰を屋敷の外へと連れ出した。

「こんなことをして……祇園社を敵にするぞ」

大峰が逃げながら捨てぜりふを残した。

「……どう思いはります」

戻って来た檜川に、温子が尋ねた。

「あの手の者は臆病だけに、鼻がよく利きまする。ひょっとすると……」

檜川が額にしわを寄せた。

「お願いするしかないんやけど、典膳正はんのこと守って」

「承知しておりまする。かの御仁は主でござれば」

願う温子に、檜川がうなずいた。


口向への手入れを中途半端な状況で棚上げした鷹矢のもとに、霜月織部と津川一旗が訪れた。

「越中守さまのご指示か。越中守さまのご機嫌はいかがであった」

霜月織部が懐から出した書状に、鷹矢は険しい顔をした。老中首座の気分一つでお役ご免になるのだ。鷹矢が気にするのは当然であった。

「まずは、読まれよ」

話は読んでからだと、霜月織部が述べた。

「わかった……」

厳重に封をされた書状を鷹矢は開いた。

「……松平周防守の家臣が訴人してきただと」

鷹矢は霜月織部を見た。

「ああ。訴人というより、助けてくれと申して来たが正解じゃ」

霜月織部が八丁堀の白河藩上屋敷を見ていた小汚い侍を取り押さえた話をした。

「おぬしを襲うように命じられて京まで来たが、決行を前にして逃げ出したらしい」

「まったく、武士の風上にも置けぬ輩じゃ」

嫌悪の表情を浮かべた霜月織部に、津川一旗も同意した。

「この者はどうなった」

結末が書かれていない。鷹矢が問うた。

「なにも」

あっさりと霜月織部が言った。

「……なにも」

「そんな男がなんの役に立つ。おぬしを討ち取ってから、その足で訴人してきたというならばまだしも、逃げ出すような者がなんの役に立つ」

「………」

己の命の話をなんでもないことのように言われた鷹矢が目を剝いた。

「白河藩で抱えるほどでもない」

「待たれよ。そういう処遇のことではない。その男を使って松平周防守どのに迫るなどは」

「ない」

またも一言で霜月織部が否定した。

「考えて見ろ。そんな奴を家臣だと認めるか」

「……認めぬな」

禁裏付を殺そうとした者は家臣でございなどと言えるはずはなかった。それこそ松平周防守の隠居ていどですむ問題ではない。松平周防守は切腹、浜田藩松平家は改易《かいえき》にされる。

「だからだ。本人は必死で売りこんでいたがな。戸田因幡守との繋がりも口にしていたが、書状などの証拠があるならまだしも、本人の言だけではな」

京都所司代を罷免するにはそれだけの理由が要った。得体の知れない、松平周防守の家臣だと自称しているだけの男の話だけではできなかった。強行すれば、松平定信が政敵を葬《ほうむ》るために言いがかりを付けたと思われる。

「では、その者は……」

「話だけ聞いて、放り出されたわ」

もう一度訊いた鷹矢に、霜月織部が冷ややかな声で答えた。

「…………」

江戸は浪人に辛い場所である。将軍家お膝元として大名や旗本の屋敷が軒を連ねていることで新たな仕官の話もあるのではないかと、わずかな望みを抱いて江戸へ来る浪人は多い。

しかし、どこの大名、旗本も内証逼迫《ひっぱく》で人減らしに勤《いそ》しんでいるのだ。よほど能のある者でもなければ雇い入れられない。いや、衆に優れた能力があってもまず仕官はできなかった。能力のある者を雇うにしても、代々面倒を見る仕官よりも要りようなときだけ手伝わせる扶持雇いのほうがいいとわかっている。

もし、運良く仕官の口が見つかっても、逃げ出して主家を売るようなまねをした者に、その栄誉は与えられない。

通常、仕官には口利きをする人物がある。口利きをする人物が人柄と能力を保証するから、安心して家中に加えられる。

そういった人物がなくてもという、海に沈んだ針を一本拾いあげるような幸運があったとしても無理であった。新たに仕官するには、かつて在籍していた大名なり旗本なりの証明が求められる。

鷹矢はなんともいえない気分を味わっていた。

己を狙おうとしていた者への憎しみと、権力によって切り捨てられた哀れさが同時に鷹矢のなかに湧《わ》いていた。

「続きを」

途中で止まっていた鷹矢を霜月織部が急かした。

「ああ……」

鷹矢は残りの文に目を落とした。

「……はああ」

読み終えた鷹矢は盛大なため息を吐いた。

松平定信からの書状には、鷹矢の怠慢を責め、できるだけ早く朝廷を落とせと書かれていた。

「お叱りを受けただろう」

津川一旗が止めを刺しに来た。

「お怒りであったぞ。一橋民部卿から嫌みを聞かされたとな」

「一橋さまが、老中首座さまに嫌みを」

霜月織部の言葉に、鷹矢は驚いた。

御三卿といえども老中には気を使わなければならない。まして松平定信は、白河藩へ養子にやられたとはいえ、もとは御三卿田安家の出なのだ。格からいっても、役職からいっても松平定信が上になる。

「上様だ」

苦く霜月織部が頬をゆがめた。

「上様の威を借りて、一橋民部は好き放題している」

津川一旗が一橋治済から敬称を取った。

「そのようなまねを一橋卿がなさっているとは」

鷹矢は首をかしげた。

家斉が将軍となって一年になる。お使い番を務めていた鷹矢は、家斉の将軍宣下にも参加した。といったところで、大広間の外、庭先での参列であり、家斉の顔すら見えはしなかった。

だが、家斉が将軍になれた事情くらいはわかっていた。

十代将軍家治には立派な嫡男がいた。元服と同時に徳川にとって格別な名乗りである家の文字を諱《いみな》として使った家基は、曾祖父にあたる吉宗によく似て覇気があり、鷹狩りを好むなど壮健であった。

その家基が鷹狩りに出たところで急病を発し、懸命の治療の甲斐もなく、十八歳という若さで急死した。すでに次男貞次郎が夭折《ようせつ》していたため、家治の血を引いた男子は途絶えた。

しかし、将軍を絶やすわけにはいかない。征夷大将軍は徳川家の世襲で、そうしなければ幕府は崩壊する。

頼りにしていた嫡男を失った家治の哀しみをよそに、将軍世子の選出が御用部屋と徳川一門の大名たちによって始められた。

当時、徳川家の世子となり、十一代将軍たりえる人物は、二人いた。御三卿の部屋住みだった田安賢丸と一橋豊千代《とよちよ》であった。

ただこの二人の間にも優劣はあった。

まず田安と一橋では、その祖が兄と弟という関係があったことで、御三卿の筆頭は田安とされていた。

次に田安が一橋豊千代よりも年長だった。

さらに田安賢丸は聡明で知られていた。

これらの条件があり、田安賢丸が将軍世子に近いと考えられていた。

だが、田安賢丸は将軍世子になれなかった。すでに田安賢丸は白河藩への養子話が持ち上がっていたからである。

「事情が変わったゆえ、養子の話はなかったことにいたしたく」

田安家の当主治察は幕府へ撤回を申しこんだが、あっさりと否定された。

「すでに上様のご裁可が降りているものを覆すことは許されぬ」

家治の承認がある以上、田安賢丸、のちの松平定信は白河藩へ養子にいかなければならないと田沼意次が拒んだ。

「なんとかならぬか」

田安治察は御三家、大奥などあらゆる伝手を使って家治の翻意を願ったが、家基の死で失意の底にあった家治は話を聞こうともしなかった。

「主殿頭に任せる」

この一言が、田安賢丸の生涯を決めた。

結果、田安賢丸は白河松平へ養子に出て松平定信となり、一橋豊千代は家治の養子となって十一代将軍家斉になった。

「一橋卿は、表に出てこられなかった」

鷹矢は納得できなかった。松平定信を白河へ追いやったのは田沼意次であり、一橋治済ではなかったはずだと鷹矢は思っていた。

「世間には表と裏がある。そして政には、光と闇がある。当時、表は田沼主殿頭が演じ、一橋民部が裏を担当した。また、光を一橋民部が纏《まと》い、闇を田沼主殿頭に押しつけた。これが真実だ」

怒りを押し殺した声で霜月織部が述べた。

「…………」

鷹矢は霜月織部の比喩を理解できなかった。

「若いゆえいたしかたなかろうが、これくらい読みこめねば、本人でさえ今表なのか裏なのかわかっていない公家の相手などできぬぞ」

霜月織部があきれた。

「申しわけない。教えてくれ」

頭を下げて鷹矢は頼んだ。

「素直なのはよいが……」

「単純すぎる」

津川一旗と霜月織部が顔を見合わせて、ため息を吐いた。

「我らが鍛えるしかないな」

「うむ」

二人だけで話をまとめて、霜月織部が鷹矢へ顔を向けた。

「表というのは、世間に顔を知られる者だと思え。将軍家や老中がそれだ。そして裏とは、顔を知られずカを振るう者をいう」

「将軍世子の問題で、表だって動かなかった一橋卿が裏」

「そうだ。そして光は名分、闇は実利だと考えろ。家斉公を将軍にするための名分は、御三卿一橋家の当主民部の息子だというところにある」

「なるほど。だが、それでは田沼主殿頭が闇だという意味がわからぬ。先代家治さまがおられる限り、田沼の権力はゆらがぬ。実利とはなんだ」

将軍が誰になろうとも田沼意次に実利はないと鷹矢は疑問を呈した。

「田沼主殿頭が得た実利とは、地位の安泰だ」

霜月織部が告げた。

「地位の安泰……」

「越中守さまは、まだ田安におられたときから、主殿頭の危険を訴え、排除すべしと仰せられていた。もし、その越中守さまが十一代将軍になられたとしたら……」

「大老格を罷免されてしまう」

鷹矢は説明を受け入れた。

「そして……」

「教えるのか」

言いかけた霜月織部を津川一旗が止めた。

「ここまでくれば、教えておくべきだろう。民部のことを疑ってもいないのだ、こやつは。越中守さまのご命に邁進《まいしん》させるためにも、知らせたほうがよい」

「……わかった」

霜月織部の説得で、津川一旗が引いた。

「なんだ、穏やかではないな。聞かずにすますわけにはいかぬのか」

嫌な予感を鷹矢は感じた。

「一蓮托生《いちれんたくしょう》だと申したであろうが」

鷹矢の願いを、津川一旗が一蹴した。

「東城家には吾しかおらぬのだが……」

己に何かあれば、家が潰れると鷹矢は首を横に振った。

「越中守さまに役立たずと思われるほうがよいか」

霜月織部が脅した。

「それは……」

わずかな期間だが、松平定信と接した鷹矢は、その苛烈さを感じていた。

「わかったならば、肚をくくれ」

津川一旗が鷹矢に覚悟を決めろと言った。

「どちらにせよ、今、聞かす。逃げはできぬ。嫌々聞いたとあらば、いつか逃げるのではないかと我らは疑うことになる」

静かな口調で霜月織部が止めを刺した。

「……聞こう」

退路は断たれた。鷹矢はうなずいた。

「お亡くなりになられた家基公も越中守さまと同じことを仰せられていた。いや、家基公が先だった」

「……それはっ」

霜月織部の言葉の意味に気づいた鷹矢が驚愕した。

「証拠はない。証拠はな」

津川一旗が続けた。

「ただ、当時、家治公はこう言われていたらしい。らしいというのは、我らの身分では直接将軍家とお話しできないからだ。だが、そのころの江戸城内では、かなり広まっていた噂がある」

「噂とは」

鷹矢は訊くしかなかった。

「家治公の大御所就任」

「…………」

今度こそ、鷹矢は絶句した。

「家基公を十一代将軍にされようとなされた、家治公がな。家治公は政に興味をお持ちでない。だが、家基公は吉宗公と同様、将軍親政こそ正しい姿だとお考えであったようだ」

「将軍親政となれば、田沼主殿頭は失脚する」

自ら政をしようとしている将軍に、大老や大政委任は不要である。いや、老中でさえ無用になる。

「大御所になられるという噂が流れて半年もせぬうちに、家基公はあえなく亡くなられてしまった。みょうだとは思わぬか」

「……………」

将軍世子を大老格が殺した。

世間に知られれば、幕府が吹き飛ぶほどの大事件である。鷹矢は返答のしようがなかった。

「信じるか信じないかは、おぬしの勝手だがな」

霜月織部が語り終わった。

「さて、我らはこれで失礼する」

「また来る」

二人が立ち去った。

「あっ……どこに連絡をすればいいのか、聞き忘れた」

残された鷹矢が唖然とした。

店によって開けている時間は違う。鮮魚を扱う店は、夜明けと共に営業を始め、昼ごろには閉める。商品が傷む前に売り尽くさないと損が出る。

古着や小間物のようないつまで置いておいても腐らないものを扱う店は、人通りが出だしてから始め、日が落ちるぎりぎりまで開けている。少しでも客を逃がさないようにと考えているからだ。

とはいえ、日が落ちれば市場は閉まる。客が来なくなれば開けても意味がないし、灯明に使う油や蠟燭《ろうそく》の代金が無駄にかかる。

「……一献、どないや」

錦市場で古着屋を営んでいる男が、隣の乾物屋を誘った。

「木屋町《きやまち》か。ええな」

乾物屋が同意した。

木屋町はまだ大坂に豊臣があったころ、角倉了以《すみのくらりょうい》の高瀬川開削のために作られた。もとは木樵町《こりきちょう》と呼ばれた二条木樵町から五条の南までの通りが、江戸時代の初めに高瀬川の水運を利用する材木屋が軒を並べたことで木屋町と名前を変えた。

高瀬川を使った物流が盛んになると、その客を目当てにした料理屋、旅籠などが店を出し、いつのまにか京都でも指折りの遊所となった。

「空いてるか」

古着屋が並んでいる料理屋の一軒の障子を開いた。

「おいでやす。おひさしぶりで」

下足番の親爺《おやじ》が古着屋と乾物屋を迎えた。

「いつもの奥はいけるかいな」

「へえ。どうぞ」

雪駄《せった》を預かりながら、下足番がうなずいた。

「いつものように頼むわ」

古着屋が小粒金を下足番の親爺に握らせた。

「おおきに。すぐ行てきま」

下足番の親爺が、駆け出して行った。

「酒とあて、なんでもええわ、適当にな」

「へえい」

出てきた女中に告げて、二人は二階の突き当たりの座敷へと入った。

「……どうや」

座るなり、古着屋が問うた。

「きついなあ、枡屋の隠居は甘《あも》うないな」

乾物屋が苦い顔をした。

「もつやろな」

古着屋が猜疑心《さいぎしん》の籠もった目つきで乾物屋を見た。

「当たり前じゃ。どっちが誘ったと思うてんねん。わいがおまえを引きこんだんや。ばれてみい、罪はわいのほうが重うなるやろ」

乾物屋が言い返した。

「それより、おまえこそどうや。わいを売って、一人助かろうなんて思うてるんやなかろうなあ」

今度は乾物屋が疑った。

「できるかい。あのとき、禁裏付やとわかってから声出したん、わいじゃ。知られたら、首が胴と泣き別れじゃ」

武士による無礼討ちはまず認められていないが、庶民が旗本に暴力を振るったとあれば、情状酌量はない。その場で討ち果たされて当然、一時は逃れても捕まれば死罪は免れなかった。

「町方やろうと勘違いしたのがまずかった。町方やったら、あのまま騒動に持ちこんで、錦市場を停止、あらためてわいらに免許状が降りたはずやったんやけどなあ」

乾物屋がうなだれた。

「東町の遠田《とおだ》はんも、頼んないなあ。町方の同心を行かすさかい、手え出しと言うてきながら、日にちをはっきりさせへんから、まちがえたがな」

大きく古着屋がため息を吐いた。

「声が大きいで。遠田はん、呼んでるんやろう」

「…………」

たしなめられた古着屋が気まずそうに黙った。

「お客はん、お見えどす」

はかったように、女中が声をかけてきた。

「危ない、危ない」

乾物屋が顔を手であおいだ。

「邪魔をするで」

襖が引き開けられて、老年の与力が顔を出した。

「お呼び立てして、すんまへん」

「ありがとうございます」

古着屋と乾物屋が頭を下げた。

「いや、気にせんでええ。女中、酒を頼むぞ」

「あい」

遠田の指示に、女中が腰をくねらせて応じた。

「ええ女やな」

その仕草に遠田が頬を緩めた。

「後ほど……」

古着屋が話の後、好きにしてくれていいと述べた。

「すまんの。気遣いしてもらうわ」

遠慮なくいただくと遠田が喜んだ。

「で、なんや」

遠田が話を促した。

「ご存じでっしゃろう」

「禁裏付の一件やな」

嫌そうに言った古着屋に、遠田が応じた。

「失敗やなあ」

「……遠田さまが言うてくれてはった町方のお方やと思いましてん」

乾物屋が言いわけを口にした。

「行かす前には連絡すると言うたやろ」

「そうでしたか」

あきれる遠田に古着屋が怪訝な顔をした。

「なんや、儂の手落ちやと言うつもりか」

遠田が目を吊り上げた。

「…………」

不満が二人を沈黙させた。

「そうか。文句があるんやな。ふん、笑わせるな。禁裏付と相手が名乗ってからかかっていったそうやないか。わかっていてやる。阿呆の仕業や」

遠田が嘲笑した。

「……それは。お武家はんに殴りかかるなんぞ、初めてでっせ。頭に血がのぼってしもうて……」

乾物屋が抗弁した。

「失敗には違いあるまい」

「…………」

認めざるを得ない。乾物屋が黙った。

「なんとかなりませんやろうか」

「誰がやったかを調べてるらしいの。またぞろ枡屋が出てきたと。偉そうな顔をしていても、錦市場の世話役どもも、たいしたことないの。未だに隠居の力を借りやなあかんとは」

しっかりと町奉行所は錦市場の状況を知っていた。

「へい」

古着屋がうなだれた。

「危のうなってきたか」

「……なんとかお願いできまへんやろか」

「お力を……」

乾物屋と古着屋が遠田にすがった。

「もし、わたいらがやったとばれたら、錦市場にはおられまへん」

いかに百年単位で暦《こよみ》を数える京の住人とはいえ、気が長いわけではなく、どれほどの社寺があろうとも、御仏のように慈愛に溢れているわけでもない。

誰が犯人かわかったとき、その報復は厳しいものになる。

「どないせいと言うねん。まさか、東町奉行所の命で、調べを止めよとでも言わせる気か」

「無理ですやろうか」

おずおずと古着屋が言った。

「当たり前じゃ。どういう口実で、東町が割りこむんや」

「市場の安定のため……」

遠田の問いに、古着屋が答えた。

「十年前に、錦市場を潰そうとした東町奉行所が、それを言うと。最高の冗談になるな」

鼻先で遠田が笑った。

「どないしたら」

「遠田さま」

「しゃあないの。おまえらには、これからも働いてもらわなあかんし」

すがるような二人に、遠田がため息を吐いた。

「枡屋を抑えたる」

「ありがとうさんでございまする」

「助かりまする」

古着屋と乾物屋が喜色を浮かべた。

「その間に、生け贄を作れ」

「誰かを身代わりにせいと……」

遠田の指示に、古着屋が確認した。

「そうや。京から落とし。大坂にでも行かせればええやろ。なに、そいつが犯人やと断定せんでもええ。黙っていなくなるだけで、周りが勝手に推測する」

「なるほど」

「念を押さいでもわかってるやろが、そいつには手厚うしたれよ。大坂で当分は大人しゅうさせてなあかん。金がなくなったというて、おまえらのところへ無心に戻って来たら台無しになるぞ」

遠田が策を授けた。

「はい」

古着屋がうなずいた。

「あと、この一件を知っている町奉行所の身内にも話を通さなあかん」

「いくらくらいかかりますやろ」

金の無心をする遠田に、乾物屋がおそるおそる問うた。

「そうやなあ、二十両、いや三十両はかかるやろ」

遠田が値を上げた。

「三十両……」

「それはあんまりで」

二人が顔色を変えた。

「京におられんようになる。錦市場で代々続いてきた暖簾《のれん》を捨てるというなら、構わんで」

すっと遠田が腰をあげた。

「お、お待ちを」

見捨てられたら終わりである。あわてて古着屋が遠田を止めた。

「三十はきつおます。なんとか二十でお願いできませんやろか」

遠田は最初二十両と口にしている。交渉の余地はあると古着屋が値切りに入った。

「……二十八両だな」

「なんとか、二十二両で」

町方与力は幕府御家人である。諸藩の藩士ならば、家老でも一歩引かねばならない身分だが、その実務は庶民の相手になっている。どうしても庶民に近い言動になってしまう。

「二十五両やな。これ以上はあかん」

遠田が語調を強めた。

「へい。では、お金を用意いたします」

これ以上は怒らせる。古着屋が承知した。

「金は、明日中に組屋敷まで届けとけよ」

「わかりましてございまする」

念を押された古着屋がうなずいた。

「ところで、禁裏付とはどうなってる」

座り直した遠田が質問した。

「枡屋の隠居が……」

乾物屋が説明をした。

「ふむ。枡屋が交渉して、襲われた一件を町奉行所へ届けないようにしたのだな」

「さようで」

確認した遠田に乾物屋が首を縦に振った。

「枡屋も要らんことをする。禁裏付から苦情が出れば、有無を言わさず錦市場を閉鎖させられたものを」

遠田が苦い顔をした。

「半年ほどほとぼりが冷めるのを待って、おまえたちが錦市場の再開を願う。町奉行所は冥加金を増やす条件で認める。こちらには冥加金が、おまえたちは市場を復活させた功績で店主たちを支配する。どちらも利がある話……一カ月をかけて用意したのが無駄になった」

「まことに残念で」

ぼやく遠田に古着屋が同意した。

「そろそろ」

乾物屋が古着屋を促した。

「そうやな。では、遠田さま。よろしゅうに」

「失礼させてもらいます」

古着屋と乾物屋が退室を申し出た。

「そうか。ではの」

あっさりと遠田が認めた。

「……禁裏付と錦市場は手打ちをしたか。面倒やな。そういえば、所司代出入り方の者が、禁裏付のことを調べると言うてたな。ちっと話を通しとかなあかんか」

二人のいなくなった座敷で、遠田が手酌で酒を酌んだ。

「あと枡屋の隠居や。なんとか抑えられるが、あいつは寺社に知り合いが多い。いつまでも止めてはおけん。なにがええのかわからんが、枡屋の絵を欲しがる坊主は多い。相国寺を敵にはできんしな。明日、もう一度注意しとかなあかんな。身代わりの生け贄をさっさと作れと」

杯を干した遠田の表情が固くなった。

「しかし、失敗やったなあ。禁裏付を襲うとこまではうまくいったのに、情けないやっちゃ。庶民に殴られて文句をつけてさえこんとは。禁裏付が町奉行所に泣きついてくれたら、それを貸しにして、禁裏口向への手出しを止めさせたものを。まったく、なんで江戸者は、こっちの食い扶持に手入れたがるかなあ。儲かるとわかってる御所出入りやさかいな。成りたい奴はなんぼでもおる。ここで口向へ高い値でものを売りつけてたと騒動になれば、既存の出入りが放逐されるがな。そんなことになったら、御所出入りの店から金もらわれへんなるちゅうに」

町方役人は御所出入りの店から多額の合力金をもらう代わりに、その保護をしている。

「五年で江戸へ帰るんやったら、寺巡りでもしとけばええもんを」

禁裏付を罵っていたところに女中の声がした。

「ごめんやす」

「おお、入れ、入れ。待っとった」

遠田の表情から憂いが消えた。

禁裏付の暇さ加減は、お使い番をこえる。戦時でないときの使い番もすることがない。それでも将軍の名代として大名、旗本の慶事、弔事に出向く。使い番の数が多いため、毎日ではないが、それでも月に一度くらいは役目で江戸城を出る。

禁裏付は二人しかいないのに、用がない。朝出て、昼餉を喰えば、それで終わりになる。幕府も朝廷も、禁裏付に仕事をさせようとはしていない。

裏では松平定信から、朝廷の弱みを探せと命じられている鷹矢だが、言われたからといって、すぐになにかできるわけでもなかった。

禁裏のなかは、よそ者である鷹矢はもちろん、同じ公家同士でも足を踏み入れていいところと駄目なところが多い。隠密のように他人目《ひとめ》を避けて忍びこみ、密書を盗んでくるなどできない鷹矢は、焦りを隠しながら所定の座でときを過ごすしかなかった。

「……ごらんを」

名前を覚えたためか、いつのまにか六条が鷹矢の担当の仕丁になっていた。

「うむ」

六条が差し出した口向の帳簿を鷹矢は見た。

「……随分と安くなったな」

帳簿に書かれた値段は市場のものより高いが、少し前までのような三倍、五倍といったものではなくなっていた。

「商人がかなり勉強してくれておりますので」

六条が苦い顔で述べた。

「そうか。けっこうだ」

確認したと花押を入れ、鷹矢は帳簿を返した。

「他に御用は。なければ、退《ひ》かせてもらいたく」

あとは帰るだけになる。六条と日記部屋付の雑司が下がらせて欲しいと願った。

「うむ。悪いが供待ちに行列の用意をするよう伝えてくれ」

本日最後の用を言いつけて、鷹矢は帰宅の準備に入った。

「……典膳正はん」

日記部屋を出ようとした鷹矢の前に、土岐が顔を出した。

「なにかあったのか」

土岐の顔色を見た鷹矢が緊張した。

「茂右衛門はんが、若冲はんが、町奉行所へ連れて行かれてしもうた」

「枡屋の隠居が、なぜだ」

鷹矢は驚いた。

「諸事倹約のおりでありながら、派手な絵を描き、世情を浮つかせたとの咎で、三十日間の手鎖を」

「絵師が仕事をせねば食べていけまいが。諸事倹約はたしかに老中首座松平定信さまのお考えだが、そのような無茶を命じてはおられぬ。民はその生業に励み、分不相応なまねをするなというご指導じゃ」

聞いた鷹矢があきれた。

「今朝方、高倉の枡屋へ東町奉行所の与力と同心が訪れて、茂右衛門はんを引き立てていったらしく」

「東町奉行といえば、池田筑後守どのであろう。そのような無体を仕向けるとは思えぬ」

一度会っただけだが、鷹矢は池田筑後守を冷徹な能吏だと見ていた。その池田筑後守が、騒動を起こしたわけでもない枡屋茂右衛門を捕らえさせるはずはない。たとえ、鷹矢と錦市場のことを知っていても、一言の断りもなく手を出してくるはずはなかった。これは役人が他の役人の範疇《はんちゅう》に口出しをするのに等しい行為になる。一つまちがえば、京都町奉行所が邪魔をしたため、禁裏付の役目を果たせませぬとの報告を江戸へあげられる。

松平定信が禁裏を抑えるために鷹矢を派遣したことくらい、京都所司代を始めとする役人は全員知っている。その役目の足を引っ張ったと思われれば、まず身の破滅になる。

「罪ともいえん罪ですがな。そんなもん、町奉行の池田筑後守はんに報せんでもできますがな。書類は要るやろうけど、そのくらい手慣れた与力がどないなとしよる。町方は腐ってる」

　土岐が吐き捨てた。

「わかった。なんとかしてみよう」

　鷹矢がうなずいた。

「頼みます。こっちも別の伝手を使いますけど、どうしても動きが悪いので、数日はかかってしまいますねん。手鎖はやり方次第で、かなりえげつのうなりま。緩めに締めてくれたら、痣《あざ》ができるていどですみまっけどな。強く締めたら、指が腐ることもありまんねん。そんなことになったら、絵師若冲は仕舞いや。これは京の損失でっせ」

　手を合わせて土岐が頼んだ。

「このまま町奉行所へ向かう」

　鷹矢は行列の行き先を変更した。

「勝手に行き先変えてもろうたら、困りまんがな。役屋敷と御所の往復という約束で、お金の嵩を決めてますねん」

　大峰に代わって祇園社から出された新たな行列差配が文句を付けた。

「余分は屋敷で払う」

鷹矢は日払いを増やすと言った。交渉している間が惜しかった。

「南條の姫《ひい》さんに、ちゃんと伝えておくれやすや。そうやないと、あの姫さん、知らん顔しはるさかい」

「わかっている。吾が約束する」

「ほな、行こか」

鷹矢が保証して、行列は動き出した。

「少しでも早く頼む。槍を押し立てよ」

「ほい」

鷹矢の指示に槍持ちの小者が喜んで槍を目立つように上下させた。

禁裏付の槍は、京での悪名が高い。鷹矢がなにをしたというわけではないが、代々の禁裏付が、槍を先頭に公家たちの牛車を蹴散らし、因縁を付けてきたからである。

しかし、今回はそれが功を奏した。

「なんで禁裏付が御所より西に来るんや」

「さっさと道あけや。文句つけられたら大事やで」

御所から下がる公家たちが慌てて避けてくれる。

鷹矢は、遮る者なく東町奉行所へと着いた。

「筑後守どのに、お目にかかりたい」

不意に行列を仕立ててやってきた禁裏付に、東町奉行所は混乱した。

「ただちに」

約束はないとはいえ、禁裏付の名前は大きい。

すぐに鷹矢は池田筑後守のもとへと通された。

「いかがなされた。不意のお見えだが」

池田筑後守が鷹矢の表情が険しいのを見て、怪訝な顔をした。

「問題になさらないはずではござらぬのか」

錦市場のことを今さら表沙汰にするのかと、池田筑後守が問うた。

「それにかかわることでござるが、あれは互いに話を付けてござる」

「はて、ならば何用でお見えかの」

「絵師伊藤若冲の身柄を召し放ちいただきたい」

「伊藤若冲といえば、今、京で人気の絵師でござるな。その者が当奉行所に」

池田筑後守が首をかしげた。

「諸事倹約に反する絵を描いたということで、今朝方東町奉行所に連れて行かれまして ござる。あの者にはわたくしも絵を頼んでおりまして、咎めを受けたとあれば

「……」

最後を鷹矢はごまかした。

「そのような話は聞いておりませんが……しばし、待たれよ。おい、芦屋多聞をこれへ」

池田筑後守が就任以来重用している吟味方の与力を呼び出した。

「お奉行、お呼びで」

待つほどもなく、芦屋多聞が顔を出した。

「これは東城さま」

芦屋多聞が鷹矢に気づいて礼をした。

「伊藤若冲を捕まえたそうだな」

「……伊藤若冲でございますか」

「枡屋茂右衛門のことでござる」

思いあたる節がないといった芦屋多聞に、鷹矢は伊藤若冲の画名ではなく本名を伝えた。

「高倉町の枡屋でございますな。調べて参りまする」

一度芦屋多聞が引き下がった。

「芦屋が知らぬというのはみょうだな」

池田筑後守の表情が曇った。

「……お待たせをいたしました。たしかに枡屋茂右衛門を捕まえておりまする。罪状は風紀を乱す絵を描いたとのことで、手鎖となっております」

「手鎖ならば、帰宅させていよう」

絵師や小説家に科せられる手鎖は、創作活動を阻害するのが目的なため、身柄の拘束を伴わない。手鎖の刑を受けた者は、そのままの状態で自宅謹慎となり、数日に一度、手鎖を外していないか、封印を確認されるだけであった。

「まだ余罪があるとのことで、取り調べをおこなっておりました」

芦屋多聞が報告した。

「誰が担当か」

「吟味方の遠田でございまする」

「遠田をこれへ」

「はっ」

池田筑後守の命で、芦屋多聞が遠田を引き連れに行った。

「何用でございましょう」

遠田が芦屋多聞に連れられて池田筑後守の前へ出た。

「枡屋茂右衛門を捕らえたそうだな」

「……はい」

一瞬の間を挟んでから、遠田が認めた。

「風紀を乱すような色使いの絵を書き続け、幕府の諸事倹約せよとの命に背《そむ》いておりまする」

遠田が理由を述べた。

「諸事倹約について、なにか江戸から指示があったのか。余のもとには何一つ来ておらぬが」

池田筑後守が遠田に訊いた。

「あらためて参ってはおりませぬが、老中首座さまがお定めになられた政には、とくと従うべきかと勘案いたしまする」

遠田が松平定信の名前を盾に使った。

「ほう。おもしろいことを申す。一与力が町奉行に相談もなく、老中首座さまの御意志を受けたと」

「…………」

遠田が黙った。

「いや、天晴《あっぱ》れである。余からそなたの名前を老中首座さまにお報せしておこう。きっと江戸へ呼び、お引き上げくださるだろう」

「江戸へ……」

皮肉を言う池田筑後守に、遠田が蒼白になった。

京都町奉行所に居るからこそ、与力の力は発揮される。同じ町奉行所でも江戸となると勝手が違う。どころか、新たに割りこんできた者を排除しようとするのは目に見えている。一人増えれば、そのぶん分け前は減るのだ。

江戸町奉行所への栄転は、遠田にとって左遷でしかない。

「精勤なことである。で、枡屋茂右衛門に施した手鎖の許可を余は出した覚えはないのだが、書付はいつ出る」

「た、ただちに」

遠田が慌てた。

「余の許可なく、罪を科すとは僭越《せんえつ》にもほどがある」

池田筑後守が怒鳴りつけた。

町奉行所が罪人を取り調べ、罪を確定し、咎めを与える。これはすべて町奉行の許可が要った。ただ、慣例として微罪でさほどのものではない者については、与力が町奉行の代行をしていた。とはいえ、これも正式な書付は要る。事後承諾で、町奉行も与力のすることに口出ししないことで成りたっているだけであった。

「申しわけございませぬ」

叱られた遠田が平伏した。

慣例は正規の手続きには勝てない。町方といえども役所なのだ。なにをするにも書類と、上司の印が必須であった。

「枡屋茂右衛門を連れて参れ。ああ、遠田、そなたは動くな。芦屋、任せる」

「……えっ」

「はっ」

池田筑後守の指示に、遠田が呆然とし、芦屋多聞が動いた。

「手鎖を外さねば……」

遠田が芦屋多聞の後を追おうとした。

「座っておれ」

厳しく池田筑後守が遠田の行動を制した。

「……はい」

命じられてはそれ以上動けない。遠田が腰を落とした。

「典膳正どのよ、禁裏の口向への手出しは止められたのかの」

遠田が聞いているにもかかわらず、池田筑後守が話を持ちだした。

「止めたというわけではございませぬ」

鷹矢は首を横に振った。

「ほう、それは時期を見てということでござろうや」

「さようでございまする。不正は見逃すわけには参りませぬ」

確かめた池田筑後守に、鷹矢は告げた。

「なるほど。それで攻めきれますかな」

池田筑後守は松平定信が京都所司代戸田因幡守を抑えるために京へ送りこんだ腹心である。鷹矢と同じ立場と言えた。

「金は繫がりましょう」

「……たしかに」

鷹矢は口向の金が蔵人を潤しているだけだとは思っていなかった。もっと高位の、それこそ朝議の行方を左右させることのできる公家にも流れていると考えている。でなければ、武家伝奏として幕府に近いはずの広橋中納言が、あれほど早く鷹矢を制止に来るはずはなかった。

広橋中納言を使嗾《しそう》できる者が後ろにいる。その弱みを握れば、松平定信の望む大御所称号勅許と太上天皇号下賜の停止はなる。

「ご奮闘あれ」

「かたじけなし」

池田筑後守の激励に、鷹矢は謝意を表した。

「…………」

その遣り取りを遠田はじっと窺っていた。

「お奉行」

「芦屋か、入れ」

そこへ枡屋茂右衛門を連れた芦屋多聞が戻って来た。

「枡屋茂右衛門でございまする。筑後守さまには初めて……」

「ああ、よい。手鎖をしたままでの挨拶はしにくかろう」

無理に平伏しようとした枡屋茂右衛門を池田筑後守が止めた。

「外してやれ」

「はっ」

池田筑後守の言葉に、芦屋多聞が手鎖の封印を破いた。

「……ふう」

外された枡屋茂右衛門が、安堵の息を吐き、手首をなでた。

「痕が残っておるな。強すぎたのではないか、遠田」

「……申しわけありませぬ」

遠田が詫びた。

己が捕まえた者の前で頭を下げる。町方にとってこれほどの屈辱はなかった。

「二度と枡屋に手鎖はするな」

「はい」

厳命された遠田が首肯した。

「枡屋、いずれ疑いは晴れ、放免されただろうが、これだけ早かったのは典膳正どののお口利きだ」

「かたじけのうございまする」

池田筑後守に言われて、枡屋茂右衛門が鷹矢へ深謝した。

「いや、絵が遅れては困るでな」

表向きの理由を鷹矢は口にした。

「悪いが、このことはこれで終わりにしたい」

これ以上町方ともめては、足を引っ張られかねない。

「承知いたしておりまする」

後々町奉行所相手に文句を付けてくれるなと頼んだ鷹矢に、枡屋茂右衛門がうなずいた。

「では、わたくしたちはこれにて」

枡屋茂右衛門の了承をとった鷹矢は、池田筑後守のもとを辞すことにした。

「ご足労いただき、感謝しております る」

町奉行所の汚点である。池田筑後守が鷹矢に礼を述べた。

鷹矢と枡屋茂右衛門が出ていくのを見送った池田筑後守が遠田を睨んだ。

「限度をわきまえよ。町方の権は、金のためにあるのではない。二度はない、下がれ」

「…………」

釘を刺された遠田が無言で書院を出て行った。

「馬鹿が……」

返事をしないというのは、従わないとの意志である。芦屋多聞が憤った。

「放っておけ。あれはあれで使える」

追いかけようとした芦屋多聞を池田筑後守が抑えた。

「あれの策だと思うか」

「策はあの者が考えたと思いまする。しかし、決行できるだけの肚を持っているとは思えませぬ」

池田筑後守の問いに、芦屋多聞が答えた。

「後ろに誰か付いていると。所司代か、公家か」

「公家でございましょう。所司代は用人を押さえておりますので、動きが取れますまい」

用人は実務を担当する。その用人がいない状況で、裏の策謀を巡らせるだけの余裕はなかろうと芦屋多聞が言った。

「公家となれば、大御所称号のことになるか」

難しそうに池田筑後守が眉をひそめた。

「見張りましょうや」

「……むうう。どうするかの。姿を見せぬ相手を捕まえるには、巣穴から出すしかないのはわかっている。かといって藪《やぶ》をつついて蛇《へび》を出すならまだいいが、大蛇《おろち》や龍を呼んでしまっては大事になる」

池田筑後守が悩んだ。

「ですが、あのままで退くとは思えませぬ」

遠田がまたなにかするのではないかと、芦屋多聞は懸念を口にした。

「させておけ」

淡々と池田筑後守が言った。

「禁裏付さまに、またぞろご迷惑をお掛けすることになりますが」

「あやつのすることくらいならば、今回同様典膳正どのが防ぐであろう。それくらいできぬような輩を松平越中守さまは、お遣いにならぬ」

芦屋多聞の危惧を池田筑後守が否定した。

「禁裏付に、京の耳目は集まっている。所司代しかり、公家たちしかり、町民どもも加わった。典膳正どのが動けば、皆が注目しよう。その隙に、こちらも手を打つ」

「囮《おとり》にすると」

「そうなるな」

池田筑後守が認めた。

「もちろん、典膳正どのの身柄はしっかりと守る。余の手柄のために、禁裏付を犠牲にしたとあれば、越中守さまがお許しになるまい。越中守さまは、余に戸田因幡守の失脚を任せたように、典膳正どのに禁裏対策をお預けになったのだ。味方なれど獲物は違う。罠を仕掛けるのは許されても、その罠に味方を落とすわけにはいかぬ。そうしなければ、獲物を捕らえることさえできぬ無能な猟師を、老中首座さまは重用なさるまい」

「はい」

池田筑後守の言いぶんを芦屋多聞が納得した。

「余はの、いずれ江戸町奉行となって松平越中守さまのお手助けをしたい」

江戸町奉行は、三奉行と言われ、勘定奉行、寺社奉行と並んで、幕政に関与できる。遠国奉行とは一線を画する重職であった。

「それには典膳正どのに遠田の向こうに潜む大蛇の相手をしてもらわねばならぬ。死なれては困る」

池田筑後守が笑った。

この作品は徳間文庫のために書下されました。

徳間文庫

禁裏付雅帳四

策《さく》謀《ぼう》

2017年4月15日 初刷

著者 上《うえ》田《だ》秀《ひで》人《と》

発行者 平野健一

東京都港区芝大門二—二—二 〒105—8055

発行所 株式会社徳間書店

電話 編集〇三(五四〇三)四三四九
販売〇四八(四五一)五九六〇

振替 〇〇一四〇—〇—四四三九二

印刷 凸版印刷株式会社

製本 株式会社宮本製本所

ISBN978-4-19-894220-5